LE CORTÈGE DES CENT DÉMONS

IMA Ichiko

2

LE CORTÈGE DES CENT DÉMONS

SOMMAIRE

MEKAKUSHI ONI

Pierre ! Papier ! Ciseaux !
C'est toi qui t'y colles !
わあっ
Guide-toi du bruit des mains !
KYAN !
HAHA !
Voilà le démon !
HA HA HA !
HA HA HA !
Par ici ! Par ici !
Non, par-là !

... avec les yeux bandés...
Ah !
Que...
Non ! Au secours !!
RITSU !
Arrête ! Lâche-le !

Un cauchemar...
Bizarre de rêver de mon enfance comme ça...
vlom!!
Grand-père était vivant et j'étais encore vêtu comme une petite fille, comme le veut cette vieille coutume...
Je ne devais donc avoir que trois ou quatre ans.
Il y avait beaucoup d'autres enfants à la maison...
... et nous jouions tous ensemble.
En fin de compte, je n'ai jamais su ce qui m'avait attrapé.

À cause du pouvoir spécial qu'avait grand-père, il se passait toujours d'étranges choses chez nous.
Cet incident ne m'avait donc pas traumatisé outre mesure.
LAISSE, MAMAN, JE VAIS LUI PORTER.
Voilà une anomalie parmi tant d'autres.
MONSIEUR EST SERVI.
Mon père a succombé à une attaque cardiaque lorsque je n'avais que cinq ans.
J'AI UN PEU DE MAL AVEC TA MÈRE.
Son corps est à présent habité par un démon répondant au nom d'Aoarashi.
ELLE A HÉRITÉ D'UNE PARTIE DES POUVOIRS SPIRITES DE KAGYÛ.
SI JAMAIS ELLE DÉCOUVRAIT QU'EN FAIT JE SUIS UN DÉMON...
Évidemment, il est incapable d'exercer une quelconque activité professionnelle.
... JE CRAINS QU'ELLE N'ARRÊTE DE ME PRÉPARER MES REPAS.

Ce sont donc ma mère et ma grand-mère qui nourrissent la famille en donnant des cours de cérémonie du thé et de kitsuke*.
KANA-CHAN !
OH ! SUMIKO ! TU AS COURS AVEC MME IIJIMA ? NOUS SOMMES ENSEMBLE ALORS.
MAIS DIS-MOI, C'EST RARE DE TE VOIR EN KIMONO ?
MA GRAND-MÈRE ME L'A CONFECTIONNÉ EXPRÈS POUR LES LEÇONS D'ARTS D'AGRÉMENTS.
COUCOU, LES FILLES !
TU EN AS DE LA CHANCE D'AVOIR UNE GRAND-MÈRE QUI A DU GOÛT !
kyah
kyah
MOI AUSSI JE ME SUIS FAITE BELLE, VOUS AVEZ VU ?
OH ! MAIS IL EST SUPERBE CE KIMONO !
Ah...
Allons bon...
Voilà un intrus !
BONJOUR !

BONJOUR, MESDEMOISELLES. JE VOUS EN PRIE, ENTREZ.
merci.
MAIS DITES-MOI, NOUS AVONS DE JOLIS KIMONOS, AUJOURD'HUI.
ばたばたばた
VLANG !
Trop tard… tout le monde est entré.
Qui est-ce ? son fils ?
ON PEUT SAVOIR CE QUE TU FABRIQUES ?
TIENS, PUISQUE TU ES LÀ, ASSISTE DONC AU COURS !
nan !
HI HI HI…
Alors comme ça tu es lycéen…
TRÊVE DE BAVARDAGES, S'IL VOUS PLAÎT.
RITSU ! TIENS-TOI DROIT, VEUX-TU !
C'EST UN PEU SERRÉ POUR SIX.
HI HI…
Où est-il… ?
Où se cache-t-il ?

L'intrus est forcément parmi elles...
vous, c'est pas le moment ! dégagez !
VLOM !
どたっ…！
OH ! IL ME FAIT HONTE ! JE VOUS EN PRIE, NE RÉPÉTEZ À PERSONNE QUE LE FILS DE VOTRE PROFESSEUR DE CÉRÉMONIE DU THÉ NE SAIT PAS SE TENIR !
あはは
HAHAHA !
Ouille... mes jambes...
BIEN. C'EST TOUT POUR AUJOURD'HUI.
MERCI, PROFESSEUR.
Zut, je n'ai pas réussi à l'identifier.
Hahaha !
C'EST VOTRE FILS UNIQUE ?
BLA BLA BLA
HA HA HA !
AU REVOIR, MME IIJIMA.
À LA SEMAINE PROCHAINE.
On s'arrête prendre un café ?
ça marche !
MERCI ENCORE !
RENTREZ BIEN.
Au revoir.
HA HA HA...
JE N'AURAIS PAS CRU QUE MADAME IIJIMA AVAIT UN FILS AUSSI GRAND.
BON, MOI JE VOUS LAISSE.
TIENS ?

BAH...
QUI A BIEN PU OUBLIÉ SES GÉTA* ?
Oh non...
BON-JOUR.
OH, BONJOUR. ENTREZ, JE VOUS EN PRIE.
L'intrus n'est pas reparti avec le groupe précédent ?
RITSU, LES ÉLÈVES DU COURS SUIVANT SONT ARRIVÉS. VIENS ME DONNER UN COUP DE MAIN.
FLAP ! FLAP !
MAÎTRE, VOUS ÊTES LÀ ?
MMH... IL A L'AIR ABSENT.
JE VENAIS VOIR S'IL N'AVAIT PAS UNE COMMIS-SION À ME CONFIER...
MAIS S'IL N'EST PAS LÀ...
FLAP ! FLAP !

DÉGAGE DE LÀ, TOI !
STOMP
OUAH !
OGURO !
TU NE VOIS PAS QUE TU GÊNES, SAC À PLUMES !
IL Y AVAIT DE LA PLACE À CÔTÉ, ESPÈCE DE BRUTE !
TU CROIS QUE JE T'AI PAS VU VOULOIR T'ATTIRER LES FAVEURS DU JEUNE MAÎTRE ?! LÈCHE-BOTTES !
KSHAAAAA
KSHEEEEE
GNIIISH... GNIIISH...
GNIIISH...
FLAP! FLAP! FLAP!

C'EST BIZARRE, PERSONNE N'EST VENU REPRENDRE CETTE PAIRE DE SOCQUES.
ÇA VEUT DIRE QUE QUELQU'UN EST REPARTI PIEDS NUS ?
JE LEUR DEMANDERAI DIMANCHE PROCHAIN.
CE SERAIT QUAND MÊME AMUSANT QUE QUELQU'UN SOIT RENTRÉ EN CHAUSSETTES.
Trop drôle !
L'intrus est toujours dans nos murs...
Ce kimono...
Je me souviens l'avoir vu cet après-midi.
APPAREMMENT, NOUS AVONS UN VISITEUR.

MAÎTRE ! IL Y A UN INTRUS DANS LA MAISON !
JE L'AI CROISÉE TOUT À L'HEURE ! C'EST UNE FEMME QUI PORTE UN KIMONO À MOTIF DE FLEURS DE CERISIER !
LAISSE-MOI PARLER, OJIRO !
TU SAIS QUELQUE CHOSE, AOARASHI ?
INUTILE DE SE FATIGUER. ELLE FINIRA BIEN PAR SE MONTRER.
TU NE FAIS RIEN, D'ACCORD ?
PAS D'INITIATIVES SUPER-FLUES.
J'AI DÉJÀ DEMANDÉ À PLUSIEURS ÉLÈVES, MAIS CES SOCQUES NE SONT À PERSONNE.
ELLES DOIVENT DONC BIEN APPARTENIR À UNE ÉLÈVE DE DIMANCHE, JE NE VOIS QUE ÇA.
ON TE JOUE PEUT-ÊTRE UNE FARCE, TU NE CROIS PAS ?
BON, J'Y VAIS.
Elle est là...

Elle passe ses journées à déambuler dans la maison...
Qu'est-ce qu'elle peut bien vouloir chez nous ?
NON, CE N'EST PAS À MOI.
À MOI NON PLUS...
MAIS ALORS À QUI SONT-ELLES ? QUI ÉTAIT EN KIMONO LA SEMAINE DERNIÈRE ?
IL N'Y AVAIT QUE SUMIKO ET MOI QUI EN PORTIONS UN.
À VRAI DIRE...
MAIS IL Y AVAIT QUELQU'UN D'AUTRE. JE REVOIS TROIS PERSONNES EN KIMONO.
"C'est un peu serré pour six."
NOUS N'ÉTIONS QUE QUATRE. PLUS VOTRE FILS QUI S'EST JOINT À NOUS, ÇA FAIT CINQ.
... J'AI ÉTÉ UN PEU SURPRISE PAR VOTRE REMARQUE. J'AI PENSÉ QUE VOUS VOUS COMPTIEZ DEDANS...

ATTENDS UN PEU... TON KIMONO EST À DOMINANTE POURPRE, SUMIKO ?
NON, IL EST ROUGE.
ET CELUI DE YASUDA-SAN EST BLEU CLAIR.
MAIS ALORS... QUI ÉTAIT À CÔTÉ DE MOI LA SEMAINE DERNIÈRE ? JE ME SOUVIENS NETTEMENT D'UN KIMONO POURPRE À MOTIF DE FLEURS DE CERISIER...
...
...
C'EST UN SIGNE FASTE POUR NOTRE MAISON !
COMME VOUS AVEZ DE LA CHANCE !
GLUPS...
C'ÉTAIT PEUT-ÊTRE UN ZASHIKI-WARASHI* ...
HEM... DANS CE CAS...
Où est-elle ?

GNISH
C'est étrange... j'ai comme une impression de déjà-vu...
Ah...
Par ici, le démon !
Guide-toi du bruit des mains !
Des fleurs de cerisier sur fond pourpre... Serait-ce le même que cette fois-là ?
PAR ICI...
... DÉMON AUX YEUX BANDÉS.
GUIDE-TOI...
... DU BRUIT DES MAINS.

GUIDE-TOI...
... DU BRUIT DES MAINS...
OUAH !
Quelle force... !

GYAA AAA AH !
RITSU !!
QU'EST-CE QUI T'ARRIVE ?
RITSU ?!
UUUH...
MON ŒIL...
HEIN ?
EST-CE QUE J'AI QUELQUE CHOSE À L'ŒIL ?
NON... RIEN DU TOUT, POURQUOI ?

JE NE VOIS PLUS RIEN...
... DE L'ŒIL GAUCHE.
MMH...
JE NE CONSTATE RIEN D'ANORMAL.
C'EST ARRIVÉ TOUT À COUP, DITES-VOUS ?
NOUS ALLONS FAIRE DES ANALYSES, MAIS IL FAUT ENVISAGER UNE CAUSE PSYCHOSOMATIQUE.
LE STRESS, PEUT-ÊTRE ?
TU SAIS, RITSU, S'IL Y A DES PROBLÈMES DONT TU VEUX ME PARLER...
TOUT VA BIEN.
ÇA VA ?
JE T'AVAIS PRÉVENU, IMBÉCILE.
PSST...

J'ai du mal à apprécier les distances et les différences de niveau.
Je dois remuer la tête à tout bout de champ pour compenser le rétrécissement de mon champ de vision.
TU NE VOIS VRAIMENT PAS DE CET ŒIL ?
Oh...
ÇA FINIRA BIEN PAR S'ARRANGER.
Du coup, mon œil droit fatigue.
Tu parles d'une histoire...
VLANG !
AH LÀ LÀ...
TU DEVRAIS ÉVITER D'ALLER AU LYCÉE PENDANT QUELQUE TEMPS.
ÇA VA, JE TE DIS.
ÇA VA ?
NE TOUCHE À RIEN, JE M'OCCUPE D'ES-SUYER.
HEUREU-SEMENT, IL N'Y A RIEN DE CASSÉ.
ÉCOUTE TA MÈRE. C'EST UN HANDICAP, TOUT DE MÊME.

Qui peut-elle bien être ?
Elle est toujours là.
GLUPS...
GNISH...
AÏE...
PAM !
Elle a posé sa main sur moi et...
Je n'arrive pas à comprendre ce qui s'est passé.
TON ŒIL N'EST PLUS LÀ.
PFFFF !
Qu'a-t-elle fait à mon œil ?!
VLOM...

ELLE TE L'A ARRACHÉ.
MÊME SI TON GLOBE OCULAIRE EST TOUJOURS EN PLACE, IL EST PRIVÉ DE SES FONCTIONS.
QUOI... ?
QUE DOIS-JE FAIRE POUR RÉCUPÉRER LA VUE ?! DIS-MOI !
BAH ! POURQUOI T'ATTACHES-TU TANT À CET ŒIL ALORS QUE TU PEUX VOIR DES CHOSES QUE LES AUTRES NE PERÇOIVENT PAS ?
Je ne peux pas compter sur lui !
Tss !
Je peux faire quelque chose pour vous aider, maître ?
Non ! Moi !
"Guide-toi du bruit des mains..."
"Le démon aux yeux bandés"... Je commence à saisir un lien...
"Par ici, démon..."
Des flammes...
Quelqu'un est prisonnier à l'intérieur...

Cette silhouette...
Un rêve... ?
C'était étrangement réel... Comme si je voyais la scène à travers les yeux de quelqu'un d'autre...
DIS-MOI, M'MAN...
JE ME SOUVIENS D'UN ÉPISODE UN PEU EFFRAYANT DE MON ENFANCE...
JE DEVAIS AVOIR TROIS OU QUATRE ANS. JE NE ME RAPPELLE PAS EXACTEMENT, MAIS PLEIN D'ENFANTS ÉTAIENT VENUS S'AMUSER À LA MAISON.
GRAND-PÈRE ÉTAIT ENCORE EN VIE ET JE PORTAIS UN KIMONO... QUELLE OCCASION ÇA POUVAIT BIEN ÊTRE ?
SI TU PORTAIS UN KIMONO, CE DEVAIT SÛREMENT ÊTRE POUR LE JOUR DE L'AN.
OUI, EXACT. SATORU ET LES AUTRES VENAIENT AVEC LEURS ENFANTS. TOI, TU N'ARRÊTAIS PAS DE PLEURER.
Ces enfants étaient donc mes cousins et mes cousines ?
ONCLE SATORU... ?
MAIS ALORS, TSUKASA DEVAIT ÊTRE LÀ, NON ?

OUI, BIEN SÛR.
Elle devait avoir six ou sept ans. elle se souvient peut-être de quelque chose... !
APPELONS-LA POUR LUI DEMANDER DE NOUS RENDRE VISITE !
ET TON ŒIL, ÇA VA MIEUX ?
OJIRO...
OGURO...
MA COUSINE TSUKASA VA VENIR.
UNE DE VOS PARENTES ? NOUS DEVONS L'ACCUEILLIR COMME IL SE DOIT !
NON, SURTOUT PAS.
ELLE POSSÈDE UN PEU DE POUVOIR SPIRITE.
FAITES VOUS DISCRETS. JE NE VEUX PAS QU'ELLE VOUS REMARQUE.
Lorsqu'elle avait sept ans, Tsukasa s'est fait envoûter par un démon.
Pendant les douze ans qui ont suivi, elle a souffert à cause d'une tache qui envahissait son dos.

Heureusement, elle disparut lorsque l'entité quitta son corps.
"Je peux oser toutes les tenues, maintenant..."
"Essayer différentes coupes de cheveux..."
RITSU !
TSUKASA !
ALORS IL PARAÎT QUE TU ES AVEUGLE ?
JE SUIS VENUE AUX NOUVELLES.
DE L'ŒIL GAUCHE SEULEMENT.
TU SAIS CE QUE C'EST, ÇA ?
UN PERMIS DE CONDUIRE ?
Elle n'a pas changé d'un Iota, en fin de compte...
...
?
SI TU VEUX ME FAIRE BAVER, ESSAIE DE TE VANTER UN PEU PLUS.
DÉSOLÉE, C'EST PAS DANS MON TEMPÉRAMENT.
16 ans

Comme quoi, on ne se refait pas si facilement...
TENEZ, VOICI UN MODESTE CADEAU.
MERCI BEAUCOUP.
MAIS DIS-MOI, TU NE DEVAIS PAS CHANGER DE COUPE ?
Douze ans, ça laisse des traces.
TES PARENTS VONT BIEN ?
OUI, OUI.
MAIS TU NE DONNES PAS COURS, AUJOURD'HUI ?
JE CROIS QU'UNE ÉLÈVE EST DÉJÀ ARRIVÉE.
J'AI VU UNE JEUNE FEMME AVEC UN KIMONO À FLEURS DE CERISIER DANS LE COULOIR.
QUE DE SOUVENIRS ICI... NOUS VENIONS SOUVENT POUR LES RÉUNIONS DE FAMILLE QUAND J'ÉTAIS ENFANT.
JE ME RAPPELLE AVOIR JOUÉ AU "DÉMON AUX YEUX BANDÉS" ICI, MAIS JE SERAIS INCAPABLE DE DIRE QUI IL Y AVAIT...
PAR CONTRE, JE ME SOUVIENS QUE JE N'ÉTAIS PAS TRÈS RASSURÉE...
IL FAUT DIRE QUE CETTE MAISON EST SI VIEILLE ET SI GRANDE...

COMME C'ÉTAIT POUR LE JOUR DE L'AN, IL Y AVAIT QUELQUES ENFANTS EN KIMONO.
TOI, BIEN SÛR...
ET PUIS QUELQU'UN D'AUTRE, UN KIMONO POURPRE À FLEURS BLANCHES...
L'HABIT M'EST RESTÉ EN MÉMOIRE, MAIS PAS LA PERSONNE QUI LE PORTAIT.
EN FAIT, IL RESSEMBLAIT À CELUI QUE J'AI APERÇU TOUT À L'HEURE DANS LE COULOIR.
Bingo. C'est bien ce qu'il me semblait...
Comment joue-t-on à ce jeu déjà ?
On décide qui sera le démon en tirant à Pierre-papier-ciseaux.
Il faut ensuite poursuivre les enfants qui cavalent en faisant les fous...
Voilà le démon !
Guide-toi du bruit des mains.
TU RESTES DORMIR ICI, D'ACCORD ?
Comment se termine-t-il ?
"Arrête ! lâche-le !"
Qu'a dit grand-père exactement ?
OH OUI ! EXCELLENTE IDÉE !

Si je pouvais me souvenir...
NE RESTE PAS LÀ, RITSU ! VA TE COUCHER DANS TON FUTON OU TU VAS ATTRAPER FROID.
Ah...
Je me suis endormi sans m'en rendre compte.
Je dois me lever...
Tiens ? Je sens une présence derrière moi...
Ah... c'est grand-père.
Je dois être en train de rêver.
Autrement, comment pourrais-je le voir alors que je lui tourne le dos ?
Arakawa Kinuyo ?
荒川絹代
*ARAKAWA KINUYO
...?
Il s'en va déjà ?
TU ES COMME TON GRAND-PÈRE.
TU VOIS DES CHOSES QUE LES AUTRES NE PERÇOIVENT PAS.

Tu es réveillé ?
J'ai servi du thé
Ah...
Arakawa Kinuyo ?
"Tu es comme ton grand-père."
"Tu vois des choses que les autres ne perçoivent pas.

"Kinuyo-chan ! Arrête !

Quand il a attrapé un enfant, le démon doit deviner son nom.
Et c'est au tour de l'enfant capturé de courir après les autres.
DITES, ÇA NE VOUS TENTE PAS DE JOUER AU "DÉMON AUX YEUX BANDÉS" TOUS ENSEMBLE ?
COMME ÇA, TSUKASA NE SERA PAS VENUE POUR RIEN.
COM-MENT ?!
QU'EST-CE QUE C'EST ENCORE QUE CETTE IDÉE SAUGRENUE ...
OH OUI ! MOI JE VOTE POUR !
MOI J'AI PASSÉ L'ÂGE.
MOI AUSSI JE VEUX JOUER !
TU CONNAIS LES RÈGLES ?
JE PEUX CROQUER CELUI QUE J'ATTRAPE ?
C'EST MOI QUI FAIS LE DÉMON. TOI, TU DÉGAGES ET TU TE TIENS TRANQUILLE, COMPRIS ?
VOUS POUVEZ Y ALLER ! DISPERSEZ-VOUS DANS LA MAISON.
DÉMON ! PAR ICI !
ALLEZ-Y, ENFUYEZ-VOUS. ÇA NE SERT À RIEN SI JE VOUS ATTRAPE TOUT DE SUITE.

GUIDE-TOI DU CLAQUEMENT DES MAINS !
À QUOI RIME CE CIRQUE ? JE PEUX SAVOIR CE QUI TE PREND ?
TOI AUSSI, TSUKASA, VA DANS UNE AUTRE PIÈCE.
ET MOI, DIS DONC ? TU NE M'OUBLIERAIS PAS ?
TU M'ÉCOUTES, MAMAN ? ALLEZ UN PEU PLUS LOIN.
TOI, CASSE-TOI.
VLANG !
OUILLE...
DÉMON ! PAR ICI !
Allez, ne te fais pas prier.
Viens jouer avec nous.
Guide-toi du bruit des mains...
FWUSH
TAP TAP...

JE TE TIENS !
KINUYO !
ARAKAWA KINUYO !
GAGNÉ...
JE TE RENDS TON ŒIL.
FWAP !
UH !

Je vois !
Mon œil a retrouvé la vue !
À MON TOUR D'ÊTRE LE DÉMON.
Hein ?!
PAR ICI, DÉMON.
GUIDE-TOI DU BRUIT DES MAINS...

GNIIISH...
PAR ICI, DÉMON.
GUIDE-TOI DU...
KYAAAAH...
QU'EST-CE QUE ... ?!
MAIS...
EH !
KYAAAAH !!
TUKASA ?!

STAC !
OUAAAH !
VLOM !
ONCLE TAKA-HIRO ?!
TSU-KASA !
QUEL-QU'UN M'A ATTRAPÉE ET M'A TIRÉE EN ARRIÈRE... !
Oups... Je m'étais endormi...
ET IL Y AVAIT UNE FEMME...
ELLE AVAIT UN KIMONO À FLEURS DE CERISIER ET ELLE ME POUR-SUIVAIT... !
IL Y A UN QUELQU'UN DANS LA MAISON !
ARRÊTONS CE JEU, J'AI EU LA PEUR DE MA VIE...
MAMAN, PURIFIE TOUTES LES PIÈCES EN JETANT DU SEL, TU VEUX BIEN ?
AH, AU FAIT, MON ŒIL EST GUÉRI.
AH BON ?!

DIS DONC, AOARASHI... QU'EST-CE QUE TU VOULAIS FAIRE À TSUKASA ?
RIEN DU TOUT ! JE L'AI JUSTE PROTÉGÉE !
N'ESSAIE PAS DE MANGER DES HUMAINS, CE N'EST PAS BON !
ça, c'est toi qui le dis. comment en être sûr sans avoir goûté ?
JE NE SUIS PAS TRÈS RAS-SURÉE...
Dormir toute seule ici...
SCRIP !
Un piaf... ?

HEM… LA NUIT EST BELLE, HEIN… ?
GYAAAH !
VLAM !
Crétin ! Bravo pour la discrétion !
ÇA NE DOIT PAS ÊTRE FACILE AVEC RITSU…
COMMENT ÇA ?
BEN, SON ESPÈCE DE POUVOIR DE MÉDIUM… JE NE SAIS PAS TROP CE QU'IL S'EST PASSÉ, MAIS JE CROIS QUE C'EST GRÂCE À LUI QUE LA TACHE SUR MON DOS A DISPARU.
JE LUI EN SAIS VRAIMENT GRÉ, MAIS EN MÊME TEMPS, IL ME FAIT UN PEU PEUR…
IL N'Y A PAS DE QUOI. CE N'EST RIEN DU TOUT À CÔTÉ DE SON GRAND-PÈRE…
BIEN SÛR, MAIS…
AH ! ÇA ALORS !
CE KIMONO…

EH BIEN DIS DONC, CET ALBUM NE DATE PAS D'HIER.
LE GARÇON À DROITE, C'EST GRAND-PÈRE.
ET LES DEUX JEUNES FILLES ?
AUCUNE IDÉE. CETTE PHOTO A PLUS DE SOIXANTE ANS.
C'ÉTAIT BIEN AVANT QUE JE N'ÉPOUSE TON GRAND-PÈRE.
C'est Arakawa Kinuyo, aucun doute.
JE ME SUIS RENSEIGNÉ AUPRÈS DU VIEUX MAÎTRE DES DOUVES.
SELON LUI, UNE FAMILLE DU NOM D'ARAKAWA VIVAIT DANS LE VOISINAGE AUTREFOIS.
MAIS ELLE A DÉMÉNAGÉ VOILÀ UNE SOIXANTAINE D'ANNÉES, SUITE À UN INCENDIE.
IL N'A PAS PU TE DIRE S'IL Y AVAIT UNE KINUYO DANS CETTE FAMILLE ?
MALHEU-REUSEMENT, IL N'EST PAS AU COURANT À CE POINT DES AFFAIRES HUMAINES.
MAIS IL SE SOUVIENT QUE QUELQU'UN A PÉRI DANS L'INCENDIE.
En supposant que c'est Kinuyo qui est morte dans l'incendie...
... la scène de mon rêve devait être la reproduction de ses derniers instants.

AVEC QUI TU PARLES ?
OH... UN PETIT OISEAU.
ばたばた
FLAP FLAP
TIENS, TSUKASA... TU NE RENTRES PAS CHEZ TOI ?
Et la fac ?
NON, JE NE VEUX PAS LAISSER LES CHOSES EN PLAN.
DIS-MOI À QUOI RIMAIT CETTE PARTIE DE COLIN-MAILLARD ET JE M'EN IRAI.
AH MAIS OUI ! NOUS N'AVONS PAS ÉTÉ JUSQU'AU BOUT HIER SOIR.
ON RECOMMENCE ?
VOILÀ LE DÉMON !
OUAH!
Interdiction formelle de jouer au Mekakushi-oni !
QU'EST-CE QUE C'EST QUE ÇA ?
AH! AH! AH!
Interdiction formelle de jouer au Mekakushi-oni !
OH, CE N'EST RIEN. IL SEMBLE QUE NOUS AYONS UNE HÔTE À LA MAISON, CES TEMPS-CI.
SON NOM EST ARAKAWA KINUYO.
VOUS PLAISANTEZ, Mme IIJIMA ?

NOUS AVONS LA MÊME PHOTO À LA MAISON.
LA JEUNE FILLE À GAUCHE EST MA GRAND-MÈRE.
ELLE M'A DIT QU'ELLE HABITAIT DANS CE QUARTIER AUTREFOIS, MAIS J'IGNORAIS QU'ELLE ÉTAIT AMIE AVEC VOTRE PÈRE.
OH... VOUS ÊTES UNE ÉLÈVE DU COURS DE DIMANCHE, N'EST-CE PAS ?
OUI, MLLE HIDAKA SUMIKO.
C'ÉTAIT LE NOM DE LA SŒUR AÎNÉE DE MA GRAND-MÈRE.
TU ES SÛRE QU'ON NE CRAINT RIEN ? TU CONDUIS SOUVENT EN TEMPS NORMAL ?
ALLEZ ! EN VOITURE, SIMONE !
SA SŒUR EST MORTE DANS L'INCENDIE DE LA REMISE DE LEUR MAISON LORSQU'ELLE ÉTAIT ENFANT.
EUH... IL VAUDRAIT PEUT-ÊTRE MIEUX QUE JE PRENNE LE VOLANT...
JAMAIS, POURQUOI ?
SERAIT-IL POSSIBLE DE RENCONTRER VOTRE GRAND-MÈRE ?

TU DÉPASSES LA LIMITATION !
TU SAIS QUE TU VIENS DE TOURNER EN SENS UNIQUE ?
QUOI ?! TU POUVAIS PAS LE DIRE PLUS TÔT ?!
ZUT, LE FEU EST VERT ! MAIS POURQUOI ELLE NE DÉMARRE PAS ?
PEUT-ÊTRE PARCE QUE TU ÉCRASES LA PÉDALE DE FREIN ?
OH... LE PETIT-FILS DE M. IIJIMA...
SUMIKO ME PARLE SOUVENT DES COURS DE VOTRE MAMAN.
OUI, NOUS HABITIONS TOUT PRÈS DE CHEZ VOUS. NOUS JOUIONS SOUVENT AVEC VOTRE GRAND-PÈRE.
C'ÉTAIT UN GARÇON EXTRAVAGANT.
MA SŒUR AIMAIT S'ENFERMER DANS LA REMISE POUR LIRE DES ROMANS.
SANS DOUTE A-T-ELLE FAIT TOMBER SA BOUGIE, CE JOUR-LÀ.
PAR CHANCE, LE FEU NE S'EST PAS ÉTENDU AUX BÂTIMENTS VOISINS.
MAIS NOUS AVONS DÉMÉNAGÉ PEU DE TEMPS APRÈS.
PEUT-ÊTRE L'ESPRIT DE KINUYO CONTINUE-T-IL À ERRER LÀ-BAS...

LE KIMONO QUE VOUS PORTEZ SUR LA PHOTO...
VOUS VOUS SOUVENEZ DE QUELLE COULEUR IL ÉTAIT ?
BIEN SÛR. IL ÉTAIT ROUGE.
LE TISSU A SERVI À ME FAIRE UNE COUVERTURE QUAND JE SUIS NÉE.
JE L'ADORAIS. À TEL POINT QUE JE ME SUIS FAIT TAILLER UN KIMONO DE LA MÊME COULEUR.
Rouge... ?
ACCEPTERIEZ-VOUS DE NOUS ACCOMPAGNER À LA MAISON ?
PARDONNEZ MA BRUSQUERIE, MAIS N'AVEZ-VOUS PAS QUELQUE CHOSE À VOUS REPROCHER VIS-À-VIS DE VOTRE SŒUR ?
À PROPOS, ELLE N'ÉTAIT PAS AVEUGLE DE L'ŒIL GAUCHE PAR HASARD ?
COM-MENT ?
EUH... NON, RIEN... EXCUSEZ-MOI...

TU ES SÛRE QUE TU NE VEUX PAS QUE JE CONDUISE ...?
RITSU...
TU PORTAIS UN KIMONO ROUGE, CE FAMEUX JOUR...
ET CELUI DE SUMIKO AUSSI EST ROUGE...
CROIS-TU QUE LE FANTÔME DE KINUYO POURSUIT LES GENS VÊTUS D'UN KIMONO DE CETTE COULEUR EN PENSANT QU'IL S'AGIT DE SA SŒUR ?
"Kinuyo..."
"Reviens me voir si tu t'ennuies."
Kinuyo...
C'EST BIZARRE...
ON S'EST PERDUS OU QUOI ?
ON DIRAIT BIEN.

SI TU AS VU QUE NOUS N'ÉTIONS PAS SUR LA BONNE ROUTE, POURQUOI TU NE M'AS RIEN DIT PLUS TÔT ?!
JE CROYAIS QUE TU CONNAISSAIS UN RACCOURCI...
BONJOUR, JE PEUX VOUS AIDER ?
JE SUIS LA GRAND-MÈRE DE HIDAKA SUMIKO.
VOTRE FILS M'A DEMANDÉ DE PASSER...
AH CELUI-LÀ ALORS...
JE VOUS EN PRIE, ENTREZ.
IL N'EST PAS ENCORE RENTRÉ. J'ESPÈRE QU'ILS N'ONT PAS EU D'ACCIDENT...
CES ZÔRI*...
CE SONT CEUX DE MA SŒUR... ELLE EST DONC BIEN CHEZ VOUS.

PAR-DON... ?
ELLE NE M'A PAS PARDONNÉE...
C'EST CERTAINEMENT MOI QU'ELLE CHERCHE.
JE ME SUIS ENFUIE EN L'ABANDONNANT...
ELLE ÉTAIT TRÈS COMPLEXÉE...
... PAR SON ŒIL INVALIDE.
ELLE NE SORTAIT PRESQUE JAMAIS ET PRÉFÉRAIT JOUER DANS LA REMISE.
DE TEMPS EN TEMPS, VOTRE PÈRE VENAIT NOUS VOIR, MAIS C'EST À PEU PRÈS TOUT.
CE SOIR-LÀ, NOUS JOUIONS TOUTES LES DEUX À MEKA-KUSHI-ONI.

C'EST KINUYO QUI AVAIT EU L'IDÉE. SEULES TOUTES LES DEUX DANS CETTE REMISE, À LA LUEUR D'UNE BOUGIE...
J'AVOUE QUE JE N'ÉTAIS PAS DU TOUT RASSURÉE DE FAIRE CE JEU.
LORSQUE CE FUT AU TOUR DE KINUYO DE FAIRE LE DÉMON, JE VOULUS SORTIR DISCRÈTEMENT.
C'EST ALORS QUE SE PRODUISIT L'ACCIDENT...
カシャーン!
BLANG!
J'ÉTAIS SI TERRIFIÉE QUE J'EN EUS LE SOUFFLE COUPÉ.
J'AI VITE COURU À LA MAISON POUR PRÉVENIR NOS PARENTS.

MAIS J'AVAIS COMPLÈTEMENT OUBLIÉ...
... QU'ILS ÉTAIENT SORTIS FAIRE UNE COURSE.
LE FEU SE PROPAGEA TRÈS VITE. PENDANT QUE TOUT LE MONDE S'AFFOLAIT, MOI JE RESTAI CACHÉE DANS UN COIN, COMPLÈTEMENT PANIQUÉE...
ET INCAPABLE D'AVOUER À QUICONQUE CE QUE J'AVAIS FAIT
J'AI RACONTÉ QUE KINUYO ÉTAIT SEULE EN TRAIN DE LIRE DANS LA REMISE ET QUE JE N'AVAIS AUCUNE IDÉE DE CE QUI AVAIT PU SE PASSER.
"Kinuyo..."
MAIS LORSQUE, AUX FUNÉRAILLES, J'AI ENTENDU VOTRE PÈRE MURMURER...
"Reviens me voir si tu t'ennuies."
JE ME SUIS SENTIE DÉMASQUÉE. J'AI EU SI PEUR...
PENDANT SOIXANTE ANS, JE N'AI JAMAIS PARLÉ DE ÇA À PERSONNE.
ET DEPUIS TOUT CE TEMPS...
... JE SUPPOSE QUE KINUYO CHERCHE TOUJOURS À M'ATTRAPER.

SWUP
SWUP
KINUYO...
KINUYO !
KINUYO...
PAR-DONNE-MOI.
ATTENDS ! NE T'EN VA PAS !

PARDON...
PARDON...
OUF, NOUS Y VOILÀ ENFIN.
POURQUOI TU TE GARES LÀ ?
PARCE QUE JE SUIS INCAPABLE DE LA RENTRER DANS LE GARAGE.
ZAM !

ELLE S'EN VA...
ELLE N'AVAIT PAS LES YEUX BANDÉS, TU AS VU ?
OUI.
Cette enfant qui avait trouvé la mort durant une partie de Mekakushi-oni...
MAINTENANT QUE LA PARTIE EST TERMINÉE, ELLE PEUT RENTRER CHEZ ELLE.
J'AIMERAIS BIEN EN FAIRE AUTANT.
... avait fini par devenir un vrai démon...
MEKAKUSHI-ONI FIN.

"LA CÉRÉMONIE DU PILIER SACRÉ" ? IL Y AVAIT LONGTEMPS, DIS DONC.
LA DERNIÈRE FOIS, ÇA REMONTE À IL Y A TRENTE ANS
L'ENNUI, C'EST QUE LA FILLE QUI DEVAIT TENIR LE RÔLE DE LA SABREUSE S'EST DÉSISTÉE.
ET IL NE RESTE PLUS QUE TRÈS PEU DE TEMPS POUR LUI TROUVER UNE REMPLAÇANTE.
COUCOU, C'EST MOI.
OH, TSUKASA, REGARDE QUI EST LÀ, TON ONCLE SHIN'YA DE FUKUSHIMA.
IL A PROFITÉ D'UN DÉPLACEMENT DANS LA RÉGION POUR NOUS RENDRE VISITE.
BON-JOUR.
TSUKASA ?! QUELLE JOLIE JEUNE FILLE TU ES DEVENUE ! IMPRESSIONNANTE CHEVELURE, DIS DONC.
ÇA TE FAIT QUEL ÂGE ?
DIX-NEUF ANS.
EH, MAIS TU POURRAIS FAIRE L'AFFAIRE...
NOUS ORGANISONS UNE PETITE CÉRÉMONIE LOCALE PROCHAINEMENT. QUE DIRAIS-TU D'Y PARTICIPER ?

LA CÉRÉMONIE
DU PILIER SACRÉ

EH BEN... C'EST LA RASE CAMPAGNE...
QU'EST-CE QU'ON FAIT, MAINTENANT ?
NE ME DIS PAS QU'ON DOIT MARCHER.
VROOOM!
SKREEE!
EXCUSEZ-MOI, JE SUIS EN RETARD !
VOUS N'AVEZ PAS TROP ATTENDU, J'ESPÈRE.
TSUKASA, JE PRÉSUME ?
NON, MOI C'EST RITSU.
TSUKASA, C'EST ELLE.

OUPS...
SUIS-JE BÊTE... OÙ AVAIS-JE LA TÊTE ?
UN GARÇON NE PEUT PAS TENIR LE RÔLE DE LA SABREUSE, C'EST POURTANT ÉVIDENT.
J'IMAGINE QUE VOUS AVEZ ÉTÉ SURPRIS DE DÉCOUVRIR UNE TELLE CAMPAGNE EN ARRIVANT.
VOUS ÊTES FRÈRE ET SŒUR ?
NON, COUSIN ET COUSINE.
"Tu seras parfaite, Tsukasa."
"La cérémonie du pilier sacré est un petit rituel qui se transmet dans la famille Sano depuis des générations et des générations."
"Le rôle central est celui de la sabreuse, et pour le tenir, nous avons besoin d'une jeune fille célibataire de moins de vingt ans avec les cheveux longs."
"Tu n'auras qu'une petite danse très simple à exécuter et c'est tout."
"Ça tombe pendant les vacances d'été, tu pourrais en profiter pour venir te ressourcer un peu en profitant du bon air de chez nous."
"Ce ne sont pas des parents très proches, mais c'est quand même la famille. Tu devrais y aller. Ça te fera l'occasion d'assister à une cérémonie un peu spéciale."
"Mouais..."
"Mais ça ne me dit rien d'y aller toute seule."
LA QUESTION C'EST POURQUOI TOI ?
PARCE QU'ON NE SAIT PAS CE QUE RÉSERVE CETTE CÉRÉMONIE.
ET PUIS JE NE POUVAIS PAS REFUSER DE TE SERVIR DE PORTEUR ET DE GARDE DU CORPS, SURTOUT QUE TOUS LES FRAIS SONT PAYÉS.

CE QUI M'ENNUIE, C'EST QU'IL SE PASSE TOUJOURS DES CHOSES ÉTRANGES QUAND JE SUIS AVEC TOI.
TOUT CE QUE JE DEMANDE, C'EST PASSER UN AGRÉABLE PETIT SÉJOUR RURAL SANS ENCOMBRES, COMPRIS ?
Elle est marrante, elle.
Elle ne se rend pas compte de ses pouvoirs...
VOILÀ, NOUS SOMMES ARRIVÉS !
OUAH...
QUELLE SUPERBE MAISON !
Mmh... j'ai comme un mauvais pressentiment...
ELLE A DU CACHET, N'EST-CE PAS ? JE VOUS EN PRIE, ENTREZ.
MAMAN M'A DIT QUE CETTE BRANCHE DE LA FAMILLE ÉTAIT DES GROS PROPRIÉTAIRES TERRIENS AVANT LA GUERRE.
JE T'AVOUE FRANCHEMENT QUE CETTE MAISON NE ME DIT RIEN QUI VAILLE...
ZUM !

AU REVOIR.
MAIS ENFIN ! QU'EST-CE QUI TE PREND ?!
MERCI D'AVOIR FAIT CE LONG VOYAGE POUR VENIR JUSQU'ICI.
JE SUIS ICHIRÔ, L'ACTUEL CHEF DE LA FAMILLE SANO.
VOUS CONNAIS-SEZ DÉJÀ MA FILLE, RUMIKO
ENCHAN-TÉE !
ET VOICI MON FRÈRE QUI VIT ICI AVEC SON ÉPOUSE, JUNKO...
... ET LEUR FILS, RYÔICHI.

NOUS SOMMES RAVIS QUE TU AIES ACCEPTÉ DE TENIR LE RÔLE DE LA SABREUSE.
MERCI INFINIMENT.
EUH... BEN, DE RIEN...
Ouh là... Je suis plutôt venue me la couler douce, moi...
GRAND-MÈRE !
VOICI LA JEUNE FILLE QUI VA FAIRE LA SABREUSE !
C'EST TSUKASA, DE LA FAMILLE IIJIMA, UNE BRANCHE ÉLOIGNÉE !
ELLE VA TENIR LE RÔLE DE LA SABREUSE !
UUH...
UUH...
UUH...
ENCHANTÉE, MADAME.

VOILÀ UN AN QUE GRAND-MÈRE EST ALITÉE.
L'atmosphère de toute cette maison est oppressante...
UN COUP ELLE NOUS RECONNAÎT, UN COUP NON. ÇA DÉPEND DES MOMENTS. ENFIN VOILÀ, VOUS AVEZ MAINTENANT FAIT CONNAISSANCE AVEC TOUTE LA FAMILLE.
GRAND-PÈRE EST DÉCÉDÉ L'ANNÉE DERNIÈRE, ET MAMAN, IL Y A CINQ ANS.
LES ÉVÈNEMENTS MALHEUREUX NE NOUS QUITTENT PAS DEPUIS QUELQUE TEMPS.
LES ANCIENS DISENT QUE C'EST PARCE QUE NOUS NE FAISONS PLUS LA CÉRÉMONIE DU PILIER DEPUIS QUE PAPA EST À LA TÊTE DE LA FAMILLE.
ALORS NOUS NOUS SOMMES DÉCIDÉS À RENOUER AVEC LA TRADITION, MAIS NOUS NE TROUVIONS PERSONNE POUR LA SABREUSE. TU NOUS RETIRES UNE BELLE ÉPINE DU PIED !
POURQUOI TU NE POUVAIS PAS, TOI ?
OUH LÀ ! IMPOSSIBLE ! J'AI DÉJÀ VINGT-QUATRE ANS !
ET PUIS J'AI LES CHEVEUX COURTS ! TOUT LE CONTRAIRE DE CE QU'IL FAUT POUR CE RÔLE !
DIS DONC, RITSU !
?
TU AS DEUX FIENTES SUR TON T-SHIRT !
C'EST DÉGOÛTANT !
LA CÉRÉMONIE DU PILIER SACRÉ EST EN FAIT UN RITUEL PURIFICATOIRE QUE LE CHEF DE LA FAMILLE DOIT PRATIQUER UNE FOIS PAR GÉNÉRATION, À LA PÉRIODE DES RÉCOLTES.

LE PROBLÈME EST QUE SA PRATIQUE EST TRÈS CODIFIÉE ET QUE PEU SAVENT ENCORE TOUTES LES ÉTAPES À SUIVRE.
ET PUIS IL FAUT BEAUCOUP DE PARTICIPANTS ET ÇA ENGENDRE PAS MAL DE FRAIS.
VLAM !
GLUPS !
MON PÈRE PENSAIT NE PLUS AVOIR À LA FAIRE, MAIS FINALEMENT...
IMPRESSIONNANT PILIER, N'EST-CE PAS ?
EN FAIT, C'EST UN TRONC D'ARBRE.
Il dégage une force incroyable...
C'EST DONC LE FAMEUX PILIER SACRÉ.
JADIS, LES RÉCOLTES ÉTAIENT SOUVENT RAVAGÉES PAR LA GELÉE. LES FAMILLES ET LES VILLAGEOIS DE LA RÉGION DEVAIENT DONC SE SERRER LES COUDES POUR SURVIVRE.

LE PILIER SACRÉ ÉTAIT CONSIDÉRÉ COMME LE GARDIEN DU FOYER OÙ SE RASSEMBLENT LES GENS ET LES BIEN-FAITS.
MAIS SA FORCE D'ATTRACTION ÉTAIT TELLE QU'ON DIT QU'IL DRAINAIT AUSSI DES CHOSES NÉFASTES.
ET C'EST PARCE QUE LES DÉMONS ET AUTRES ENTITÉS NÉFASTES ACCUMULÉS À L'IN-TÉRIEUR AU FIL DES ANS COMMENCENT À APPORTER LE MAL-HEUR SUR LA MAISONNÉE...
... QU'IL FAUT PROCÉDER À UNE CÉRÉMONIE PURIFICATOIRE.
TROIS DANSEURS DÉGUISÉS EN ÊTRES SUR-NATURELS S'AGITENT AUTOUR DU PILIER...
... ET LA SABREUSE DOIT LES OCCIRE DE SON ARME.
OH !
VOUS ÊTES LÀ.
TSUKASA, JE TE PRÉSENTE TES TROIS PARTE-NAIRES QUI SERONT DÉGUISÉS.
VOICI KEISUKE...
... KAZUO...
... ET SABURÔ.

ENCHANTÉE...
ENCHANTÉS !
TOUS LES TROIS RÉPÈTENT DEPUIS SIX MOIS.
LA DANSE DE LA SABREUSE EST PARTICULIÈRE-MENT DIFFICILE.
s... six mois ?
MAIS IL NE NOUS RESTE QUE DIX JOURS...
... ET TU ES LA SEULE À POUVOIR TENIR LE RÔLE. IL FAUDRA DONC QUE TU APPRENNES TOUTE TA CHORÉGRAPHIE TRÈS RAPIDEMENT.
PRÉPARE-TOI À UN ENTRAÎNEMENT TRÈS INTENSIF
C'est pas du tout ce qui était prévu !
Adieu mes vacances à la campagne !
Ouh là... j'aimerais pas être à ta place...

ET LÀ, LE PREMIER DÉMON ATTAQUE.
STAC !
PAC !
TU PARES SON COUP EN L'AIR.
... TU LÈVES TON SABRE.
TU TE RETOURNES TOUT DE SUITE...
TU TE BAISSES ET AUSSITÔT...
PAM !
AÏE !
KYAAAH !
ON N'Y ARRIVERA JAMAIS EN SI PEU DE TEMPS.
Mmh...
J'suis désolée J'l'ai pa. fait exprès !
MMH...
LAISSE TOMBER, ELLE SERA JAMAIS PRÊTE POUR DANS DIX JOURS.
JE PENSAIS PAS QU'UNE ÉTUDIANTE DE TOKYO SERAIT AUSSI EMPOTÉE.

TU M'ÉTONNES, C'EST VRAIMENT UNE CATASTROPHE...
PFFF..
ONCLE SHIN'YA DISAIT QUE CE N'ÉTAIT QU'UNE DANSE TRÈS SIMPLE ! IL M'A BIEN ROULÉE !
KSSS KSSS KSSS KSSS
FAIS-TOI UNE RAISON, TU T'ES FAIT AVOIR.
KSSS KSSS
EN TOUT CAS, JE COMPRENDS MIEUX POURQUOI ILS NE TROUVAIENT AUCUNE CANDIDATE.
C'EST VRAIMENT ÉTRANGE D'AVOIR UN AUSSI GROS PILIER EN PLEIN MILIEU DE LA MAISON.
CE DOIT ÊTRE UNE DÉRIVATION DU CULTE DE "L'ARBRE DU MONDE".
IL PRÉTEND QU'UN GRAND ARBRE, UNE COLONNE OU UNE TOUR, SE TROUVE AU CENTRE DE L'UNIVERS.
L'ARBRE DE VIE DU JARDIN D'ÉDEN, LA COLONNE D'IZANAGI ET D'IZANAMI...
DANS LE TEMPS, CETTE FAMILLE DEVAIT ÊTRE AU CENTRE DU VILLAGE.
SI TU LE DIS...
C'est bizarre... D'habitude cette croyance est plutôt liée à des mythes ayant trait à l'union ou à la naissance...

TENEZ, JE VOUS AI APPORTÉ DE LA PASTÈQUE.
ELLE VIENT DE NOS CHAMPS.
OUAH ! ELLE A L'AIR DÉLICIEUSE !
RIBIBIP RIBIBIP
TU AS DE LA CHANCE, TU AS L'ESPRIT TRANQUILLE, TOI.
CETTE PREMIÈRE JOURNÉE A DÛ ÊTRE ÉPROUVANTE.
PAPA COMPTE SUR TOI DEMAIN.
TU DEVRAIS GOÛTER LA PASTÈQUE, ELLE EST EXCEL-LENTE.
NON MERCI. JE VAIS FAIRE UN PETIT TOUR.
SLAC
FAMEUSE !
JE PEUX SAVOIR CE QUE VOUS FAITES LÀ, VOUS DEUX ?
NOUS SOMMES VENUS POUR VOUS SERVIR, MAÎTRE.
MOI QUI PENSAIS ÊTRE TRANQUILLE EN ME DÉBAR-RASSANT D'AOARASHI...
Je te rapporterai un souvenir, promis !
J'veux venir !
ON NE VOUS GÊNERA PAS, MAÎTRE

ET PUIS IL ÉMANE DE CETTE MAISON UN PUISSANT POUVOIR SURNATUREL.
VOUS TROUVEZ AUSSI ?
Ceci dit, vous êtes mal placés pour parler...
CE DOIT ÊTRE L'INFLUENCE DE CE PILIER.
ALLEZ SURVEILLER TSUKASA.
ET TÂCHEZ DE NE PAS VOUS FAIRE REPÉRER.
VOS DÉSIRS SONT DES ORDRES !
RIBIIIII
JE REFUSE D'ÊTRE EMPRISONNÉE DANS CETTE MAISON TOUTE MA VIE ! PLUTÔT LA VENDRE ET TOUS LES TERRAINS AVEC !
AU MOINS, ÇA REMBOURSERAIT LES DETTES !
RUMIKO !
AH... JE SUIS DÉSOLÉE.
C'EST À CAUSE DE TES CAPRICES QU'ON EN EST LÀ, JE TE SIGNALE !
EH BIEN JE SUIS DÉSOLÉE, MAIS JE NE CÉDERAI PAS À TON BON VOULOIR !

VLAM !
PFFF !
S'ILS SAVAIENT CE QU'ELLE LEUR DIT, L'EMPOTÉE !
NON MAIS ! COMME SI ÇA M'AMUSAIT D'ÊTRE LÀ !
CLAP !
ET L'AUTRE QUI PREND RITSU POUR MOI À CAUSE DE MON PRÉNOM !
RUMIKO... ELLE EN A DE LA CHANCE, ELLE A UN JOLI PRÉNOM FÉMININ, ELLE...
ET PUIS ELLE EST ÉLANCÉE ET RAF-FINÉE...
ALORS QUE MOI, AVEC MON AIR REN-FROGNÉ ET LUGUBRE...
SNIF SNIF...
MMH ?
Encore un petit verre...

L'alcool ne doit pas me réussir.
On dit que le saké donne des hallucinations. Eh bien je crois que ça n'a pas loupé.
Vous êtes l'épouse idéale pour le jeune maître.
Votre beauté n'a d'égale que votre sagacité.
Pardon ? C'est à moi que tu parles ?
Enfin, ça a l'air d'être un bon trip, heureusement.
Vous êtes sensationnelle, princesse.
Ma beauté ? Kyaah ! Je serais curieuse de le voir, ton jeune maître !
ばすっ
BAFF !
Tiens, tu as bien mérité une petite rasade.
h non, je ne suis pas digne !
Eh ben ! L'alcool a fait son effet ! Je suis toute joyeuse !
C'est bien la première fois que je m'amuse autant !
Slurp
Encore un verre ?
Vous m'êtes sympathiques, tous les deux !
Zut ! Il n'y a plus de saké !
Je vais aller en chercher.
voyons voir...
SNIFF SNIFF
Oh ! Je sens une odeur d'alcool tout près !

OHÉ, TSUKASA ! IL FAIT JOUR !
SORS DU LIT !
UU-UH...
Mal au crâne...
'JOUR...
Pouah ! Elle empeste l'alcool !
T'AS PRIS UN BAIN D'EAU-DE-VIE OU QUOI ?
EN PARLANT DE SAKÉ, IL Y AURA UN PETIT CÉRÉMONIAL DANS LA GRANDE SALLE TOUT À L'HEURE. CE SERAIT BIEN QUE VOUS Y ASSISTIEZ.
BIEN DORMI ? VOICI TA SOUPE AU MISO.
J'AI JUSTE BU DEUX OU TROIS COUPES DE SAKÉ.
QUEL GENRE DE CÉRÉMONIAL ?
EH BIEN, CENT JOURS AVANT LA CÉRÉMONIE DU PILIER SACRÉ, NOUS DÉPOSONS UN SEAU DE SAKÉ À SON PIED.
ET UNE SEMAINE AVANT QU'ELLE AIT LIEU, LES MEMBRES DE LA FAMILLE SE RÉUNISSENT...
... ET PARTAGENT L'ALCOOL TOUS ENSEMBLE.

BAH...
TIENS, PRENDS UNE COUPE.
Euh... merci...
LE SEAU EST VIDE ! TOUT L'ALCOOL A DISPARU !
C'EST IMPOSSIBLE ! TU ES SÛR QU'IL ÉTAIT REMPLI ?!
VU LE POIDS QU'IL PESAIT, C'EST CERTAIN, OUI !
MAIS C'EST INCROYABLE, LE COUVERCLE ÉTAIT INTACT ! AUCUNE TRACE QUE QUELQU'UN L'AIT TOUCHÉ !
ON DIT QUE SI EN OUVRANT LE SEAU LE NIVEAU D'ALCOOL A BAISSÉ, C'EST PARCE QUE LA DIVINITÉ DU PILIER EN A BU ET C'EST UN SIGNE FASTE.
Un pilier qui boit du saké ?
Oh là... je peux plus avaler une goutte, moi...
Burp..
CE DOIT DONC ÊTRE LE PILIER QUI A TOUT BU.
C'EST UN BON PRÉSAGE.
NON... SI LE PILIER A TOUT BU SANS EN LAISSER UNE GOUTTE, C'EST QU'IL REFUSE D'ACCORDER SA PROTECTION À LA FAMILLE.
HEIN... ?
C'EST PAS MOI, JE VOUS JURE !

C'EST UN SIGNE FUNESTE.
TU ME GARANTIS QUE CE N'EST PAS TOI QUI AS BU CET ALCOOL ?
MAIS ENFIN ! TU AS BIEN VU QUE LE COUVERCLE ÉTAIT INTACT !
ET PUIS TU CROIS VRAIMENT QUE J'AURAIS PU SIFFLER UN SEAU ENTIER À MOI TOUTE SEULE ?!
AH... MAIS J'AI FAIT UN RÊVE ÉTRANGE...
IL Y AVAIT DEUX DRÔLES D'OISEAUX QUI ME TENAIENT COMPAGNIE ET QUAND ON ÉTAIT À COURT DE SAKÉ, ILS ALLAIENT EN CHERCHER.
...
ALLONS BON...
GLUPS...
AHEM...
OH... SHIN'YA ?
MAMAN ? C'EST MOI, SHIN'YA.
TU ME RECONNAIS ?
OÙ EST L'ACTE DE PROPRIÉTÉ DES TERRAINS ?
OÙ PAPA RANGEAIT SES PAPIERS IMPORTANTS ?

J'EN AI BESOIN, MAMAN !
NOUS AVONS DE SÉRIEUX PROBLÈMES !
MAMAN !
EH !
QU'EST-CE QUE TU FAIS ?!
CE N'EST PAS EN LA BRUTALISANT QUE GRAND-MÈRE SE SOUVIENDRA DE QUOI QUE CE SOIT !
TU NE COMPRENDS PAS ! ON DOIT VENDRE LE TERRAIN DE LA MONTAGNE POUR S'EN TIRER !
AUTREMENT, LA FAMILLE EST RUINÉE !
IL FAUT FAIRE QUELQUE CHOSE AVANT QUE LE MALHEUR NE S'ABATTE SUR NOUS POUR DE BON !
LA DIVINITÉ DU PILIER EST EN COLÈRE !
JE NE SUIS POUR RIEN DANS VOS ENDETTEMENTS À TOI ET À PAPA.
ICHIRÔ N'ACCEPTERAIT JAMAIS DE FAIRE ÇA.
VOUS N'AVEZ QU'À VENDRE LA MAISON POUR TOUT RÉGLER.

Mmh... ?
VOICI CENT ANS QUE JE VIS DANS CES MURS.
JE SAIS QUE TU ME VOIS ET QUE TU M'ENTENDS, C'EST POURQUOI JE TE DEMANDE TON AIDE.
LES GENS DE CETTE FAMILLE SONT ENDETTÉS SUITE À UN GRAVE ÉCHEC FINANCIER...
... ET PLUSIEURS DÉCÈS SE SONT SUCCÉDÉS EN PEU DE TEMPS.
TOUT CELA EST DÛ AUX ÊTRES QUI VIVENT ICI.
C'EST À DIRE TOI ?
NON, JE NE SUIS PAS UN YÔKAÏ.
JE SUIS L'UN DES GARDIENS DE CETTE MAISONNÉE.
T'approche pas, merci.

ILS N'ONT PAS PRATIQUÉ LA CÉRÉMONIE DEPUIS TRENTE ANS.
DURANT TOUT CE TEMPS, DES ENTITÉS NÉFASTES SE SONT ACCUMULÉES AUTOUR DU PILIER ET ONT FINI PAR FUSIONNER EN UN SEUL YÔKAI.
VOILÀ POURQUOI LES AUTRES GARDIENS SONT PARTIS LES UNS APRÈS LES AUTRES.
SI RIEN N'EST FAIT POUR Y REMÉDIER, JE DEVRAI MOI-MÊME M'EN ALLER D'ICI PEU.
J'EN SUIS VRAIMENT NAVRÉ.
MAIS JE NE VOIS VRAIMENT PAS CE QUE JE PEUX FAIRE...
JE VAIS TE CONDUIRE AUPRÈS DE CE YÔKAI.
HEIN ?!
MAIS JE...
SUIS-MOI.
C'EST PAR ICI.
T'ES BIEN GENTIL, MAIS JE T'ASSURE QUE JE...
VIENS.
MMH ?

BAH... ?
Le pilier sacré...
LA PRINCESSE A L'AIR DE SÉRIEUSEMENT S'ENNUYER.
Alors attends...
Je lève le sabre, et puis...
ELLE APPRÉCIERAIT SÛREMENT UN PETIT REMONTANT.
En route !
TROUVONS LUI DU SAKÉ.
SNIFF SNIFF
OH !
JE FLAIRE UNE FAIBLE ODEUR !
ÇA VIENT DE PAR ICI.
IL Y A DU SAKÉ LÀ-DEDANS, AUCUN DOUTE.
CHAUD DEVANT !

POM !
OH !
ÇA ALORS ! QUELLE SUPERBE COULEUR ROSACÉE !
ET CET ARÔME ENTÊTANT... C'EST DE LA PLUS HAUTE QUALITÉ !
APPORTONS-LE VITE À LA PRINCESSE !
FLAP ! FLAP !
À L'AIDE...
QUEL-QU'UN...
REGARDE ! POURQUOI SE TRAÎNE-T-ELLE PAR TERRE ?
DE... DE L'EAU...
TIENS BON, LA VIEILLE !
C'EST PAS GRAND-CHOSE, MAIS AVALE TOU-JOURS ÇA !
OJIRO !
OGURO !

QU'EST-CE QUE VOUS FABRIQUEZ, VOUS DEUX ?!
JE VOUS AI POURTANT BIEN DIT DE NE PAS VOUS FAIRE REPÉRER ! ALLEZ, FILEZ !
Il faut que je leur tire les oreilles pour le saké aussi.
MADAME ! VOUS ALLEZ BIEN ? QU'EST-CE QUE VOUS FAITES ICI ?
GLOU...
LE...
L'ACTE DE PROPRIÉTÉ...
QUEL ACTE DE PROPRIÉTÉ ?
HAA... C'ÉTAIT DÉLICIEUX.
FANTASTIQUE.
TU AS DE BONS SERVITEURS, MON PETIT.
GLUPS!
Cette mémé voit les entités surnaturelles. il faut faire attention.
Enfin, si elle ne reconnaît pas ses enfants et sa petite fille, pas la peine de trop s'en faire...
BONJOUR.
Bien dormi ?
JE PARS FAIRE LA TOURNÉE DES BANQUES AVEC SHIN'YA.
VOUS PENSEZ RENTRER TARD ?
Pas de danse aujourd'hui alors, ouf !

TSUKASA, C'EST SABURÔ QUI VA T'ENTRAÎNER AUJOURD'HUI, D'ACCORD ?
ZOM !
GRAND-MÈRE... ?
TIENS...
C'EST TOI, RUMIKO ?
GRAND-MÈRE... TU T'ES REDRESSÉE TOUTE SEULE ?
ET TU ME RECONNAIS ?
REGARDE-MOI CETTE TÊTE... ON DIRAIT UN GARÇON.
GRAND-MÈRE... TU SOURIS !
J'AI UNE PETITE FAIM.
QU'EST-CE QU'ON MANGE AUJOURD'HUI ?
ATTENDS, JE TE SERS TOUT DE SUITE.

RUMI ?
QU'EST-CE QUI SE PASSE ? TU AS UNE MINE TOUTE RÉJOUIE.
IL Y A DE QUOI. GRAND-MÈRE EST EN FORME AUJOURD'HUI. EN VOYANT MA TÊTE, ELLE M'A DIT QUE JE RESSEMBLAIS À UN GARÇON.
C'EST VRAIMENT QU'IL Y A DU CHANGEMENT DEPUIS QUE TU AS COUPÉ TES CHEVEUX.
MAIS ATTENDS, ÇA VEUT DIRE QU'ELLE T'A RECONNUE ?
EH OUI !
NON, PAS COMME ÇA. TON GESTE DOIT ÊTRE PLUS AMPLE.
MAIS POURTANT, HIER JE...
ATTENDS, JE VAIS TE MONTRER.
STAC !

QU'EST-CE QUE TU DANSES BIEN ! TU AS UN DON, C'EST SÛR !
OUAH ! C'ÉTAIT SPLENDIDE !
PENSES-TU ! C'EST JUSTE QUE J'AI RÉPÉTÉ PENDANT SIX MOIS.
OUPS...
ENFIN, JE...
QUOI... ?

RUMIKO ÉTAIT CENSÉE TENIR LE RÔLE DE LA SABREUSE. ON A RÉPÉTÉ TOUS LES QUATRE PENDANT SIX MOIS.
JE CROYAIS QU'IL FALLAIT AVOIR MOINS DE VINGT ANS POUR TENIR CE RÔLE ?
BAH, C'EST SURTOUT POUR LA FORME. PERSONNE N'EST VRAIMENT À CHEVAL SUR L'ÂGE DE LA DANSEUSE.
PAR CONTRE, LES CHEVEUX SI COURTS ÇA NE CONVIENT PAS VRAIMENT POUR UNE "JEUNE VIERGE".
TOUT SE PASSAIT BIEN, MAIS VOILÀ QU'ELLE A SUBITEMENT DÉCIDÉ DE SE COUPER LES CHEVEUX.
ET POURQUOI AS-TU COUPÉ TES CHEVEUX ?
EUH, BEN... COMME ÇA...
J'AVAIS JUSTE ENVIE D'ESSAYER.
ELLE MENT.
ELLE L'A FAIT EXPRÈS.
ELLE NE VOULAIT PAS DE CE RÔLE.
MAIS JE ME DEMANDE POURQUOI.
ÇA A PEUT-ÊTRE UN RAPPORT AVEC CETTE PHOTO.
JE L'AI TROUVÉE DANS SA CHAMBRE.
?!

SDAM !
On ne fouille pas dans la chambre d'une jeune fille.
C'EST KEISUKE, L'UN DES DANSEURS.
SI C'EST SON COPAIN, ELLE AURAIT DÛ ÊTRE CONTENTE DE POUVOIR DANSER AVEC LUI.
AH ! GRAND-MÈRE ?!
DÉSOLÉE, J'AVAIS UN PETIT CREUX.
ALORS JE ME SUIS SERVIE.
V... VOUS VOULEZ DIRE QUE VOUS AVEZ MARCHÉ JUSQU'ICI TOUTE SEULE ?!
J'AVAIS UNE ENVIE DE LÉGUMES SAUMURÉS.
CROC ! CROC !
LA BOUILLIE DE RIZ, C'EST BON, MAIS ÇA NE TIENT PAS AU VENTRE.
ET VOTRE COUCHE ?
JE L'AI RETIRÉE, ELLE ÉTAIT GÊNANTE POUR MARCHER.
Dash
BON, EH BIEN JE SUIS REPUE MAINTENANT.
OUPS...
ATTENTION !
HOO

TIENS, MAIS C'EST LE JEUNE HOMME D'HIER...
SURTOUT, REMERCIE ENCORE TES PETITS SERVITEURS POUR MOI, D'ACCORD ?
ET C'EST LA JEUNE FILLE QUI VA FAIRE LA SABREUSE ?
BON COURAGE, MA PETITE.
OH, J'AI BIEN MANGÉ. TU POURRAS DIRE À JUNKO QUE JE NE DÎNERAI PAS ?
BONNE NUIT.
C'EST CE QU'ON APPELLE UNE GUÉRISON MIRACULEUSE.
ÇA FAIT PLAISIR DE VOIR GRAND-MÈRE COMME ÇA. LES MÉDICAMENTS ONT DÛ BIEN FAIRE EFFET.
MOI JE PENSE QU'ON DEVRAIT APPELER LE MÉDECIN.
POUR LUI DIRE QUOI ? QUE SA PATIENTE EST COMPLÈTEMENT RÉTABLIE ?
...
GRAND-MÈRE... !

VENDRE LA MAISON ? IL N'EN EST PAS QUESTION. NOS ANCÊTRES ONT VEILLÉ DEPUIS DES GÉNÉRATIONS ET DES GÉNÉRATIONS SUR LE PILIER.
TU PARLES ! ALORS QUE CETTE CÉRÉMONIE T'ENNUYAIT TELLEMENT QUE TU NE L'AVAIS JAMAIS FAITE !
ET LES CRÉANCES ? COMMENT COMPTES-TU LES REMBOURSER ?
OH, TU ES DÉJÀ LEVÉE ? LE PETIT-DÉJEUNER EST PRESQUE PRÊT.
JE ME SUIS RÉVEILLÉE AUX AURORES ET J'AVAIS UNE FAIM DE LOUP.
SHIN'YA ! ICHIRÔ !
QUITTE À PASSER DEVANT UN TRIBUNAL, JE...
JE NE TE LAISSERAI PAS EN FAIRE QU'À TA TÊTE, MON VIEUX !
À LA MORT DE MAMAN, J'AURAI AUSSI DROIT À MA PART D'HÉRITAGE !
À QUOI SERT LA CÉRÉMONIE DU PILIER, SELON VOUS ?!
M...
MAMAN...
CESSEZ DONC DE VOUS DISPUTER DE BON MATIN !

À RESSERRER LES LIENS DE LA FAMILLE ! MAIS AU LIEU DE ÇA...
... VOUS VOILÀ EN TRAIN DE VOUS QUERELLER POUR UNE QUESTION D'HÉRITAGE ! ALORS QUE JE NE SUIS PAS ENCORE DANS LA TOMBE, QUI PLUS EST !
COMMENT VOULEZ-VOUS QUE LA CÉRÉMONIE SE PASSE BIEN SI VOUS VOUS DISPUTEZ ENTRE FRÈRES ?!
PARDON, MAMAN !!
UUUH...
ON TE CROYAIT PERDUE ET TE VOILÀ REDEVENUE FORTE COMME AUTREFOIS.
JE SUIS SI CONTENT...
ARRÊTE DE PLEURER, SHIN'YA ! TU N'ES PLUS UN ENFANT !
JE SUIS SÛRE QUE TOUT S'ARRANGERA UNE FOIS QUE NOUS AURONS MENÉ LA CÉRÉMONIE À BIEN.
C'EST TOUT BONNEMENT INCROYABLE...
IL Y A À PEINE DEUX JOURS, ELLE NE POUVAIT MÊME PAS SE RETOURNER SEULE DANS SON FUTON.

SANS DOUTE. LA DIVINITÉ DU PILIER A DÛ LUI OCTROYER TOUS SES BIENFAITS.
C'EST GRÂCE À LA CÉRÉMONIE.
Ils ne ressentent donc rien ?
L'atmosphère de la maison est pourtant encore plus pesante qu'avant.
VOICI L'ACTE DE PROPRIÉTÉ DE LA MONTAGNE ET LE SCEAU DE FAMILLE.
IL N'Y A QU'À VENDRE NOS TERRES POUR REMBOURSER LES DETTES.
QU'EST-CE QUI VOUS PREND DE RETOURNER LES TATAMIS ?!
J'AI TROUVÉ LA BOÎTE, GRAND-MÈRE.

MAMAN...
MAIS QUE CE SOIT CLAIR : PAS QUESTION DE VENDRE LA MAISON.
NOUS AVONS UN CHAMP DU CÔTÉ D'ÔTAWARA.
JE SUIS SÛRE QUE VOUS N'AVEZ PRIS AUCUNE DISPOSITION POUR LES TAXES DE SUCCESSION.
ALORS VENDEZ EN UNE MOITIÉ ET METTEZ L'AUTRE EN LOCATION.
m... maman ?
c'est pas possible...
Là, il y a forcément quelque chose qui cloche...
Ah, ils veulent de la vivacité, hein ?
BVUM !
OUAH !
STAC !
NAN, ÇA VA PAS DU TOUT, C'EST TROP MOU.
ESSAIE D'ÊTRE UN PEU PLUS VIVE.
La vache...
OK... NIVEAU VITESSE, IL N'Y A RIEN À REDIRE, LÀ...
TU COMMENCES À AVOIR DE L'ALLURE. TU AS FAIT DE GROS PROGRÈS EN CINQ JOURS.
ONCLE ICHIRÔ !

PENDANT UN MOMENT, J'AI CRU QUE TU NE SERAIS PAS À LA HAUTEUR, MAIS ME VOILÀ RASSURÉ.
EH BIEN ! C'EST RARE DE TE VOIR SI ÉLOGIEUX !
TU DOIS T'ENNUYER À PASSER TES JOURNÉES ASSIS ICI.
IL FAUT PROFITER DE CE PETIT SÉJOUR À LA CAMPAGNE...
... POUR FAIRE DES CHOSES QUE TU NE PEUX PAS FAIRE À LA VILLE.
RIBIIIP
BRIII BIIIP
CROA CROA CROA
C'EST LA PREMIÈRE FOIS QUE TU PÊCHES DE NUIT ?
EUH... OUI...
RIBIIIP
C'EST POURTANT UNE SAINE ACTIVITÉ POUR UN GARÇON.

SI J'AVAIS EU UN FILS, JE L'AURAIS SOUVENT EMMENÉ ICI.
TU AS DES FRÈRES ET SŒURS ?
Et voilà...
Je déteste les mares.
NON, JE SUIS FILS UNIQUE.
PLASH...
MOI AUSSI, JE N'AI QU'UN ENFANT. MAIS C'EST UNE FILLE.
RUMIKO ÉTAIT ADORABLE QUAND ELLE ÉTAIT PETITE, ET PUIS ELLE A CESSÉ DE M'ÉCOUTER EN GRANDISSANT...
MAIS ELLE REFUSE QUE NOUS ADOPTIONS UN GENDRE. ELLE TIENT À PARTIR DANS LA FAMILLE DE SON MARI.
Allons bon...
AUTREFOIS, IL ÉTAIT DE RÈGLE POUR UN ENFANT UNIQUE DE PRENDRE LA SUCCESSION DE LA MAISON.
AU FAIT, PUISQU'ON PARLE DE ÇA, TU ES FIANCÉ À TSUKASA ?
OUH LÀ ! PAS DU TOUT !
AH BON... ELLE A DÉJÀ UN PETIT COPAIN ?
EUH...
J'EN SAIS RIEN.

C'EST UNE BONNE FILLE, ELLE AUSSI. UNE SACRÉE TRAVAILLEUSE.
MAIS JE SUPPOSE QU'UN BON PARTI À LA CAMPAGNE NE L'INTÉRESSERAIT PAS.
Qu'est-ce qu'il a derrière la tête ?
Il se cherche une femme de secondes noces ou quoi ?
Ah...
EXCUSEZ-MOI, JE REVIENS TOUT DE SUITE.
UNE ENVIE PRESSANTE ?
EH !
TU T'EN VAS ?
À L'APPROCHE DE LA CÉRÉMONIE, LE YÔKAI A FAIT VENIR DES CONGÉNÈRES.
SA PUISSANCE S'EST ENCORE ACCRUE. IL N'Y A PLUS DE PLACE POUR MOI DANS CETTE MAISON.

SANS AUCUN GARDIEN POUR VEILLER SUR ELLE, CETTE MAISON EST PERDUE.
PEUT-ÊTRE REVIENDRAI-JE SI LA CÉRÉMONIE SE DÉROULE BIEN ET QUE LE YÔKAI EST VAINCU.
AU REVOIR.
ぱちゃ
QUE FAITES-VOUS ?
JE LE RELÂCHE. LE PLUS GROS EST POUR LE DIEU DRAGON.
LE PLUS PETIT EST POUR LE MAÎTRE DE L'ÉTANG.
C'EST LA COUTUME.
TU PENSES PEUT-ÊTRE QUE CE N'EST QU'UNE STUPIDE SUPERSTITION.
MAIS ICI, NOUS RESPECTONS CE GENRE DE CHOSES.

VLAM !
PSST...
CHUT ! N'AIE PAS PEUR.
J'AI UN SERVICE À TE DE-MANDER.
OUAH !

C'EST TERRIBLE ! VENEZ TOUS !
GRAND-MÈRE EST PARTIE EN LAISSANT UN MOT !
"QUAND BIEN MÊME AI-JE RETROUVÉ LA SANTÉ, MES JOURS TOUCHENT À LEUR FIN."
"AUSSI AI-JE DÉCIDÉ D'ENTRE-PRENDRE MON DERNIER VOYAGE EN CE BAS MONDE."
"NE VOUS INQUIÉTEZ PAS POUR MOI. PEUT-ÊTRE NE SERAI-JE PAS RENTRÉE POUR LA CÉRÉMONIE."
Mes enfants
QU'EST-CE QUE C'EST QUE CETTE HISTOIRE ?!
ELLE EST RÉTABLIE, CERTES, MAIS PAS EN ÉTAT DE VOYAGER SEULE ! À SON ÂGE, ENFIN !
IL FAUT PRÉVENIR LA POLICE !
ATTENDS ! ON NE PEUT PAS FAIRE ÇA ! IMAGINE LE CHOC QUE ÇA LUI FERAIT !
MAIS ON NE PEUT LA LAISSER COURIR LA CAM-PAGNE !
ATTENDONS AU MOINS JUSQU'À CE SOIR.
DIS DONC, RITSU...
TU NE TROUVE PAS ÇA BIZARRE ?
MOI, TOUT ÇA ME SEMBLE CARRÉMENT LOUCHE.

IL Y A À PEINE DEUX OU TROIS JOURS, CETTE VIEILLE DAME ÉTAIT ALITÉE ET NE RECONNAISSAIT PAS LES MEMBRES DE SA FAMILLE.
ET LA VOILÀ QUI PART GAIEMENT EN VOYAGE, BON PIED, BON ŒIL. C'EST TOUT SAUF NORMAL.
IL Y A COMME UN PARFUM DE SURNATUREL DANS L'AIR.
...
C'EST MOI ; J'OUVRE.
FOOD DRINKS
VOUS DEVEZ AVOIR CHAUD LÀ-DEDANS. TENEZ, JE SUIS ALLÉ VOUS ACHETER DES ONIGIRI*.
MERCI BIEN.
ET PUIS JE VOUS AI RAMENÉ UNE PAIRE DE SANDALES QUE J'AI PRISE DANS L'ENTRÉE.
OH, PARFAIT. TU PENSES À TOUT.
C'EST VRAI QUE PUISQUE JE SUIS CENSÉE ÊTRE SORTIE, IL FAUT BIEN QUE J'AIE PRIS DES CHAUSSURES.
OH, MAIS CE SONT CELLES DE JUNKO. TANT PIS !

TOUT LE MONDE ÉTAIT PANIQUÉ, MAIS ILS ONT CONVENU D'ATTENDRE LA FIN DE L'APRÈS-MIDI POUR PRÉVENIR LA POLICE.
EH BIEN... QUEL REMUE-MÉNAGE...
TOUS ÉTAIENT RAVIS DE MON BRUSQUE RÉTABLISSEMENT...
... ET MOI LA PREMIÈRE, D'AILLEURS.
MAIS DANS CET ÉTAT, JE NE PEUX PLUS ME MONTRER DEVANT EUX.
PERSONNE NE VIENDRA ME CHERCHER ICI...
MAIS JE DOIS RÉFLÉCHIR À L'AVENIR.
JE NE PEUX PAS TE DEMANDER DE ME CACHER INDÉFINIMENT.
PRENONS ENCORE UN PEU DE TEMPS POUR OBSERVER L'ÉVOLUTION...
... ET NOUS RÉFLÉCHIRONS À UNE SOLUTION.
VOUS N'AVEZ PAS UNE IDÉE DE CE QUI POURRAIT ÊTRE À L'ORIGINE DE CE PHÉNOMÈNE ?
JE NE VOIS QU'UNE SEULE POSSIBILITÉ...

Tiens ? Ritsu n'est pas là ?
Il m'observe toujours les autres jours.
GRAND-MÈRE A DÛ PARTIR AVEC MA PAIRE DE SANDALES.
ELLE A AUSSI PRIS UN SAC, QUELQUES AFFAIRES ET UN PEU D'ARGENT.
TU SAIS QUEL KIMONO ELLE PORTE ?
C'EST MOI ; J'OUVRE.
DRIIIING
GRAND-MÈRE ?!
OÙ ÊTES-VOUS ?!
ばこ
PARDON DE VOUS INQUIÉTER. L'IDÉE M'A PRISE SUBITEMENT.
JE SUIS À HOKKAIDÔ, CHEZ UNE AMIE.
OUI, UNE AMIE DE L'ÉCOLE POUR FILLES.
SON NOM ? YAMADA-SAN.

NOUS ÉTIONS FOUS D'INQUIÉTUDE, ENFIN ! NOUS ÉTIONS SUR LE POINT D'APPELER LA POLICE.
JE SUIS DÉSOLÉE. JE VAIS DONC RESTER UN PEU À HOKKAIDÔ.
LE CLIMAT EST TRÈS AGRÉABLE ICI.
ガチャ…
Voilà qui devrait me permettre d'être tranquille quelque temps.
Ouh là là... Je suis coiffée avec un pétard, moi.
On se néglige avec l'âge.
MME SANO !
JE VOUS RETROUVE ENFIN ! QU'EST-CE QUI VOUS A PRIS DE SORTIR ?!
OÙ EST LE PROBLÈME ? QUI DONC POURRAIT ME RECONNAÎTRE À PRÉSENT ?
VOUS AVEZ ENCORE RAJEUNI DEPUIS CE MATIN...
OUI. ADIEU LES CHEVEUX GRIS !

MÊME LES GENS DU VOISINAGE NE SE DOUTERAIENT DE RIEN EN ME RENCONTRANT.
J'AI L'AIR D'AVOIR LA QUARATAINE, NON ?
À MARCHER CÔTE À CÔTE, ON DOIT NOUS PRENDRE POUR UNE MÈRE ET SON FILS.
OU PEUT-ÊTRE UN COUPLE D'ÂGE DIFFÉRENT ?
SI VOUS CONTINUEZ À RAJEUNIR À CE RYTHME-LÀ, DEMAIN VOUS AUREZ PEUT-ÊTRE L'AIR DE MA SŒUR.
CE QUARTIER A BEAUCOUP CHANGÉ. FAISONS UN PETIT TOUR AVANT DE RENTRER.
J'IGNORE CE QUE ME RÉSERVE LE SORT, MAIS EN ATTENDANT, COMME C'EST AGRÉABLE DE POUVOIR MARCHER LIBREMENT SUR SES PROPRES JAMBES.
YAMADA-SAN, À HOKKAIDÔ ?
JE SUIS EN TRAIN DE CHERCHER SI NOUS AVONS UN REGISTRE DE SON ÉCOLE.
ELLE A DIT QUAND ELLE COMPTAIT RENTRER ?
ATTENDONS DE VOIR COMMENT SE DÉROULE LA CÉRÉMONIE...
À MON AVIS, IL FAUT PRÉVENIR LA POLICE.

COMMENT ? VOUS AVEZ BU DE L'ALCOOL ?!
C'EST LA SEULE POSSIBILITÉ QUE JE VOIS.
COMME J'AVAIS SOIF CETTE NUIT-LÀ, J'AI RAMPÉ JUSQUE DANS LE COULOIR.
ET LÀ, J'AI RENCONTRÉ TES PETITS SERVITEURS...
OJIRO ! OGURO !!
OÙ AVEZ-VOUS TROUVÉ CE SAKÉ ?!
PITIÉ, MAÎTRE ! NOUS VOULIONS JUSTE RÉCONFORTER LA PRINCESSE..
LÀ-DEDANS.
DANS LE PILIER ?
IL EST REMPLI D'UNE LIQUEUR DORÉE DES PLUS RAFFINÉES.
NOUS EN AVONS PUISÉ JUSTE UNE PETITE COUPE DE RIEN DU TOUT À L'AIDE DE NOTRE MAGIE.

De l'alcool à l'intérieur du pilier... ?
CE NE SONT PAS DES HISTOIRES. LE PILIER SACRÉ BOIT RÉELLEMENT.
L'ALCOOL QUE L'ON DÉPOSE EN OFFRANDE AVANT CHAQUE CÉRÉMONIE DIMINUE TOUJOURS UN PEU.
C'ÉTAIT LE CAS LORSQUE J'AI TENU LE RÔLE DE LA SABREUSE.
ET ÉGALEMENT LORSQUE CE FUT LE TOUR DE LA MÈRE DE RUMIKO.
AH BON ? VOUS AVEZ EXÉCUTÉ CETTE DANSE VOUS AUSSI ?
OUI, AVEC CECI.
C'EST LE SABRE DIVIN QUE MANIE LA DANSEUSE.
MAIS...
C'EST UNE VRAIE LAME... !
POURQU UTILISE UN TEL INSTRU MENT ?
C'EST TROP DANGEREUX...
C'EST QUE CETTE CÉRÉMONIE N'EST PAS ORDINAIRE. ELLE DÉTERMINE LE DEVENIR DE LA FAMILLE.
FAIS DONC LE TOUR DU PILIER EN TENANT CETTE ARME.

Gniiish...
Il y a quelque chose juste devant moi.
Quelque chose qui rôde autour du pilier...
Gniiish...
Serait-ce le yôkaï dont m'a parlé le gardien de la maison ?
ATTENTION ! DERRIÈRE-TOI !

Ouah !
PLAC !
Bon sang de bonsoir...
Je ne peux pas laisser Tsukasa faire cette danse... !

C'EST DEMAIN LE GRAND JOUR.
QUAND CE SERA TERMINÉ, JE VOUS FERAI VISITER LA RÉGION.
SPLENDIDE !
WOW...
CLAP ! CLAP ! CLAP !
C'EST LA TENUE QU'ELLE PORTERA DEMAIN.
Vous aussi, essayez les vôtres.
TIENS, PRENDS ÇA.
OUAH ! C'EST LOURD...!
ZUM !
EH OUI, C'EST UN VRAI SABRE.
PENDANT LES RÉPÉTITIONS, ON UTILISE UN SABRE EN BOIS POUR ÉVITER LES ACCIDENTS, MAIS POUR LA CÉRÉMONIE, C'EST AVEC CELUI-LÀ QUE ÇA SE PASSE.
MAIS JE N'AI JAMAIS MANIÉ UNE TELLE ARME DE MA VIE ! C'EST ENCORE PLUS DANGEREUX !
C'EST VRAI QU'APPAREMMENT IL Y A DÉJÀ EU DES BLESSÉS PAR LE PASSÉ.

HAHAHA !
IL N'Y A RIEN À CRAINDRE SI C'EST TOI QUI LE MANIPULES.
INUTILE DE T'EN FAIRE POUR NOUS.
ON SAURA ESQUIVER SANS PROBLÈME.
C'EST VRAI QU'AUTREFOIS, C'EST UNE CÉRÉMONIE QUI FAISAIT PAS MAL DE VICTIMES.
wahaha...
OUAH...
TU AS VRAIMENT DÛ EN BAVER, PAPA EST SI STRICT... NORMALEMENT, C'EST LA SABREUSE PRÉCÉDENTE QUI AURAIT DÛ T'ENSEIGNER LA DANSE.
MAIS MAMAN N'EST PLUS LÀ ET GRAND-MÈRE ÉTAIT ALITÉE...
De quoi ? C'est la mère de Rumiko et sa grand-mère qui ont fait les cérémonies précédentes ?
IL NE RESTAIT GUÈRE QUE PAPA ET ONCLE SHIN'YA POUR SE SOUVENIR DE LA CHORÉGRAPHIE.
ATTENDS UNE SECONDE...
C'EST-À-DIRE QUE CE SONT LES BRUS DE LA MAISON QUI TIENNENT LE RÔLE DE LA SABREUSE DE GÉNÉRATION EN GÉNÉRATION ?
OUI... ENFIN, C'ÉTAIT LE CAS DANS LE TEMPS. AUJOURD'HUI, ÇA N'A PLUS GRANDE IMPORTANCE.
AUTREFOIS, LES DANSEUSES AVAIENT QUINZE ANS ET SE MARIAIENT TOUT DE SUITE APRÈS LA CÉRÉMONIE.

APRÈS AVOIR EFFECTUÉ SA DANSE...
LA SABREUSE S'OFFRAIT AU PILIER POUR DEVENIR LA DIVINITÉ PROTECTRICE DU FOYER.
CETTE CÉRÉMONIE TENAIT DONC LIEU DE FIANÇAILLES, EN FAIT.
C'EST QUE COMME ÇA QUE GRAND-MÈRE ET MAMAN SONT ENTRÉES DANS LA FAMILLE SANO.
MAIS CE NE SONT QUE DE VIEILLES COUTUMES DÉSUÈTES...
VOILÀ POURQUOI AUCUNE FILLE DE LA RÉGION NE SE PORTE VOLONTAIRE POUR JOUER CE RÔLE...
ET TOI AUSSI, SI TU AS REFUSÉ DE TE PLIER À LA TRADITION...
... C'EST PARCE QU'IL Y A KEISUKE.
EH BIEN... IL A DES FRÈRES, MAIS C'EST LUI QUI EST CENSÉ PRENDRE LA SUCCESSION DE SA MAISON...
PAPA S'OPPOSE À NOTRE MARIAGE PARCE QUE NOUS NE POUVONS PAS EN FAIRE UN GENDRE ADOPTÉ.
MON AVIS À MOI, C'EST QUE MON COUSIN RYÔICHI, LE FILS D'ONCLE SHIN'YA, POURRAIT TRÈS BIEN DEVENIR LE CHEF DE LA FAMILLE ET COMME ÇA, JE POURRAIS ME MARIER TRANQUILLEMENT.
MAIS PAPA REFUSE OBSTINÉMENT CETTE SOLUTION CAR IL NE VEUT PAS QU'UNE BRANCHE CADETTE DE LA FAMILLE SE RETROUVE À SA TÊTE...
DU COUP, IL EN EST ARRIVÉ À VOULOIR ME FAIRE ÉPOUSER RYÔICHI.
QUOI ?! MAIS RYÔICHI N'EST QU'UN COLLÉGIEN !

TOI, TU ES DE LA FAMILLE, MAIS SUFFI-SAMMENT ÉLOIGNÉE POUR ÊTRE À L'ABRI DE CE GENRE DE PROBLÈMES. ALORS QUE SI C'EST MOI QUI TENAIS LE RÔLE, LA QUESTION SE POSERAIT IMMANQUABLEMENT...
EUH... UN PETIT INSTANT...
DE TOUTE MANIÈRE, C'EST TOUJOURS UNE FILLE ÉTRANGÈRE À LA MAISON QUI TIENT LE RÔLE DE LA SABREUSE, N'EST-CE PAS ?
EST-CE QUE JE DOIS EN CONCLURE QUE TON PÈRE A DES VUES À MON SUJET ?
EXACTEMENT, IL N'A QUE QUATORZE ANS... ! MAIS PAPA ME RÉTORQUE QUE DIX ANS DE DIFFÉRENCE, CE N'EST RIEN DU TOUT.
IL EST PRÊT À DIRE N'IMPORTE QUOI POUR FAIRE PASSER SES ARGUMENTS.
EH BIEN TU N'AS QUE CINQ ANS D'ÉCART AVEC RYÔICHI...
ET PUIS PAPA A L'AIR DE T'APPRÉCIER, ALORS...
... SI TU ACCEPTAIS DE...
STOP !
JE NE VEUX PLUS PARTICIPER À CETTE CÉRÉMONIE !

IL Y A DE L'ANIMATION.
C'EST LA FÊTE D'AUTOMNE DU VILLAGE, AUJOURD'HUI. NOUS IRONS QUAND NOUS EN AURONS TERMINÉ ICI.
BOBOM ! BOOM...
BOM ! BOM !
Où a bien pu encore passer Ritsu ?
Haa...
BOBOM...
BOM !
Il n'est jamais là quand il faut, celui-là...
Tu parles d'un garde du corps...
POC ! POC !
IL Y A DU MONDE, DITES DONC.
OUI, NOUS ÉTIONS UNE FAMILLE INFLUENTE AUTREFOIS.
TOUS LES GENS IMPORTANTS DU VILLAGE SE SONT RÉUNIS.

BOM !
AUTREFOIS, CETTE CÉRÉMONIE REVÊTAIT DE L'IMPORTANCE POUR TOUTE LA COMMUNAUTÉ.
TACTACTAC
BÔM !
ATTENTION, ÇA COMMENCE.
TAC ! TAC ! TAC !
PAC !
BOBOM...
BÔM !
STAC !
TSUKASA SE DÉBROUILLE DRÔLEMENT BIEN.
OUI, ELLE SEMBLE BIEN PLUS À L'AISE QUE LORS DES RÉPÉTITIONS.

Ça fait pas partie de la chorégraphie, ça !
OUAH !
Et puis je ne l'ai jamais vue aussi rapide.
QU'EST-CE QUE C'EST QUE CETTE POSE ?
ÇA ALORS... MAIS OUI...
CE SONT LES BONS GESTES.
J'AI L'IMPRESSION DE VOIR MAMAN.

OH... ÇA A COMMENCÉ.
AH, TE VOILÀ ENFIN.
GLUP
TSUKASA ?!
MAIS ALORS QUI EST CETTE DANSEUSE ?!
AH...
JE CROIS BIEN...
... QU'IL Y A UN DANSEUR EN TROP.
IL LUI MANQUE UNE MAIN... C'EST LUI !

PWUUSH!
OUAAAAH!!
ガタガタ…!
VRAAAM...
ゴオオオ…
GWOOO...!

FRASH...
C'EST BON ?
OUI, ÇA Y EST.

*LA LOI JAPONAISE CONSIDÈRE QU'UNE PERSONNE EST MORTE LORSQU'ELLE A DISPARU DEPUIS SEPT ANS SANS DONNER DE NOUVELLES.

C'EST AUSSI MON IMPRESSION.
EN FAIT, JE DOIS ÊTRE MORTE DEPUIS UN PETIT MOMENT DÉJÀ.
J'AI ÉTÉ MAINTENUE EN VIE PAR DES MÉDICAMENTS ALORS QU'AUTREMENT, JE SERAIS DÉCÉDÉE.
IL ME SEMBLE QUE LE PILIER SACRÉ A DÉCIDÉ DE ME PRÊTER SA FORCE...
... POUR QUE JE PUISSE AIDER LES MIENS UNE DERNIÈRE FOIS...
ALORS ? TU T'ES FAIT GRONDER ?
NON, MAIS ILS SONT EN PLEINE RÉUNION DE FAMILLE.
RUMIKO ET KEISUKE...
... ONT FINALEMENT ANNONCÉ QU'ILS VOULAIENT SE MARIER.

JE CROIS QUE LE PÈRE VA DEVOIR CÉDER.
SES HISTOIRES DE FAMILLE SOUCHE, DE BRANCHE ÉLOIGNÉE ET AUTRES AFFAIRES DE SUCCESSION, C'EST UN PEU DÉPASSÉ.
PLUS PERSONNE N'EST PRÊT À SE SACRIFIER POUR CE GENRE DE CHOSES.
DIS, VA FAIRE TON SAC. ON PREND LE BUS DE 18H30.
HEIN ?
ON NE DIT MÊME PAS AU REVOIR ? C'EST UN PEU MAL POLI QUAND MÊME...
PAS LE TEMPS. ON ENVERRA UNE CARTE POSTALE.
AU FAIT, TU PEUX ME DIRE QUI A DANSÉ À MA PLACE ?
BAH...
EXCUSEZ-MOI, VOUS N'AURIEZ PAS VU UNE JEUNE FILLE JUSTE LÀ ?
NAN, J'AI VU PER-SONNE.
ELLE PORTE UN YUKATA AVEC DES FLEURS ROUGES.
AH, CETTE DRÔLE DE GAMINE ?
JE ME DEMANDAIS CE QU'ELLE FICHAIT DANS UN YUKATA TROIS FOIS TROP GRAND POUR ELLE. EFFECTIVEMENT, JE CROIS QU'IL ÉTAIT À FLEURS ROUGES.
ELLE EST PARTIE PAR-LÀ.

OH ! UNE GROSSE LUCIOLE !
FWUP !
MMH ?
AH...

LA CÉRÉMONIE DU PILIER SACRÉ - FIN

"C'est bizarre qu'il n'y ait pas de petit pont au-dessus de ce cours d'eau."
LE JARDIN DU CANNIBALE
"Nous devrions en construire un."
"C'est vrai, on ne peut pas se rendre à la cabane."

LE JARDIN DU CANNIBALE

ZAAA!! ザァァ...
EXCUSEZ-MOI...
POURRIEZ-VOUS M'INDIQUER L'HÔTEL LE PLUS PROCHE ?
MMH ?
ZAAA... ザァァ
C'EST MOI.
NOUS AVONS UN INVITÉ. J'AI PROPOSÉ DE L'HÉBERGER POUR LA NUIT.
AH OUI ? ENTREZ DONC.
Aoarashi qui offre le gîte à un humain...
JE M'APPELLE AOYANAGI.

IL N'A PLUS AUCUNE RELATION DEPUIS SON ACCIDENT CARDIAQUE.
J'ESPÈRE QUE VOUS POURREZ DEVENIR AMIS.
Ça méritерait de faire une croix dans le calendrier.
JE SUIS VRAIMENT NAVRÉ DE VOUS DÉRANGER À UNE HEURE PAREILLE...
PAS DU TOUT ! CE N'EST VRAIMENT PAS TOUS LES JOURS QUE MON MARI RAMÈNE DU MONDE À LA MAISON, VOUS SAVEZ !
QUI EST-CE ? TU CONNAIS CE MONSIEUR ?
NON...
IL EST TOUT PÂLE ET IL A L'AIR TRÈS TENDU.
ON DIRAIT QU'IL A PEUR DE QUELQUE CHOSE.
J'ESPÈRE QUE CE N'EST PAS UN MALFAITEUR, UN ASSASSIN OU UN VOLEUR EN CAVALE.

MERCI POUR LE BAIN... JE VAIS ME COUCHER MAINTENANT.
Psst... Psst..
IL EN RESTE ENCORE DEUX...
Qu'est-ce que c'est que ces voix ?
Il n'y a pourtant pas de tv dans cette pièce.
Psst...
J'AI PEUR...
Psst...
IL N'Y A RIEN À CRAINDRE TANT QU'IL N'Y A PAS DE PONT.
Il n'y a personne.
ALORS JE VOUS SOUHAITE UNE BONNE NUIT.
Psst... Psst...
Poc
Psst... Pstt... Psst...
?

OUAH !
OH PARDON, JE VOUS AI FAIT SUR-SAUTER ?
MERCI MILLE FOIS DE VOTRE HOSPITALITÉ. POUR ÊTRE FRANC, JE NE ME SENTAIS PAS VRAIMENT D'HUMEUR À DORMIR DANS UNE CHAMBRE D'HÔTEL.
JE VOUS EN PRIE, IL N'Y A PAS DE QUOI.
CEPENDANT, SI VOUS TENEZ À ME REMERCIER...
... PEUT-ÊTRE ACCEPTERIEZ-VOUS DE ME CÉDER CETTE BOÎTE.
COMMENT ?!
VOUS AVEZ L'AIR D'EN CRAINDRE LE CONTENU.
ME TROMPERAIS-JE EN DISANT QUE VOUS AVIEZ L'INTENTION DE VOUS EN DÉBARRASSER EN L'ABANDONNANT DANS UNE CHAMBRE D'HÔTEL ?
À CE COMPTE-LÀ, VOUS POUVEZ BIEN ME LA DONNER.

MAIS VOUS IGNOREZ CE QU'IL Y A À L'INTÉRIEUR.
C'EST QUELQUE CHOSE DE TERRIFIANT...
... ET D'EXTRÊMEMENT DANGEREUX...
NE VOUS EN FAITES PAS, J'AI MA PETITE IDÉE.
C'EST D'AILLEURS POUR ÇA QUE JE ME PROPOSE DE VOUS EN SOULAGER.
MAIS ENFIN... COMMENT...
JE SAIS QUE VOUS ERREZ DEPUIS PLUSIEURS JOURS SANS SAVOIR COMMENT VOUS EN DÉFAIRE.
LAISSEZ-LA DONC ICI.
N'AYEZ CRAINTE. JE VOUS LE DEMANDE EN TOUTE CONNAISSANCE DE CAUSE.

Pourquoi n'y a-t-il pas de pont au-dessus de ce ruisseau ?
Comment fait-on pour le franchir sans se mouiller ?
Quelqu'un vient vers moi...
Non...
Je dois vite me réveiller...
Avant qu'il n'arrive...
Heureuse-ment, il n'y a pas de pont.
TAKA-HIRO !
M. AOYA-NAGI A DISPARU !
VIENS VITE !
PAS GRAVE. IL A LAIS-SÉ SA BOÎTE !
QUELLE BOÎTE ?
IL FAUT LE PRÉVENIR POUR QU'IL VIENNE LA RECHERCHER.
ET COMMENT ? JE NE CONNAIS PAS SES COOR-DONNÉES, MOI.

OH... UN JARDIN MINIATURE... !
C'est le même que dans mon rêve...
Ce paysage...
ON DEVRAIT ALLER LE DÉPOSER AUX OBJETS TROUVÉS.
IL EST TRÈS JOLI, ET PUIS IL A L'AIR ANCIEN.
QUEL TRAVAIL MINUTIEUX.
TIENS, C'EST ÉTRANGE, IL N'Y A PAS DE PONT AU-DESSUS DE CE RUISSEAU.
GARDONS-LE DEUX OU TROIS JOURS. IL REVIENDRA PEUT-ÊTRE LE CHERCHER.
Ça, on ne peut pas le nier.
Mais j'éprouve une désagréable sensation...
C'EST VRAI QUE C'EST DU BEL OU-VRAGE.
IL EST PEUT-ÊTRE TOMBÉ. JE VAIS REGAR-DER SI JE LE TROUVE.
MAIS IL Y EN AVAIT UN PARCE QU'IL Y A DES TRACES.

Ce rêve que j'ai fait cette nuit n'était sûrement pas un hasard..
ET VOILÀ LE TRAVAIL !
OH, MAIS C'EST UN PETIT PONT !
TU T'ES DRÔLEMENT BIEN DÉBROUILLÉE.
Il est minuscule !
JE L'AI FAIT AVEC DES BAGUETTES EN BOIS.
VOYONS COMMENT IL S'INSÈRE DANS LE PAYSAGE.
ON NE DEVRAIT PEUT-ÊTRE PAS TOUCHER À CE QUI NE NOUS APPARTIENT PAS...
ON NE FAIT RIEN DE MAL. ET PUIS C'EST BIZARRE QU'IL N'Y AIT PAS DE PONT. C'EST COMME SI LES GENS DES DEUX MAISONS AVAIENT VOULU ROMPRE TOUTE RELATION.
ALORS ?
TU AS RAISON, ÇA FAIT PLUS JOLI COMME ÇA.
KYAAH !
VLAM !
MAIS ENFIN ! QU'EST-CE QUE TU FAIS ?!
BLANG !

J'AI EU PEUR... J'AI EU L'IMPRESSION DE VOIR QUELQU'UN À L'INTÉRIEUR DE LA CABANE...
FAIS UN PEU ATTENTION, TU AURAIS PU LE CASSER.
Ce n'est pas à nous.
POC !
BON, TANT PIS.
ET VOILÀ, UN CAILLOU S'EST DÉCOLLÉ.
...?
QU'EST-CE QUE TU RACONTES ? IL N'Y A RIEN DU TOUT.
COUCOU, C'EST MOI.
LE TYPE D'HIER EST VENU REPRENDRE SA BOÎTE ?
NON, PAS ENCORE. ELLE EST DANS LE SALON.
CE JARDIN MINIATURE EST TRÈS JOLI...
... MAIS EN FAIT, JE NE L'AIME PAS TROP.
JE NE SAIS PAS QUI A EU CETTE IDÉE...
... MAIS C'EST VRAIMENT MALSAIN DE DISPOSER CES CHOSES À L'INTÉRIEUR DE LA MAISON...

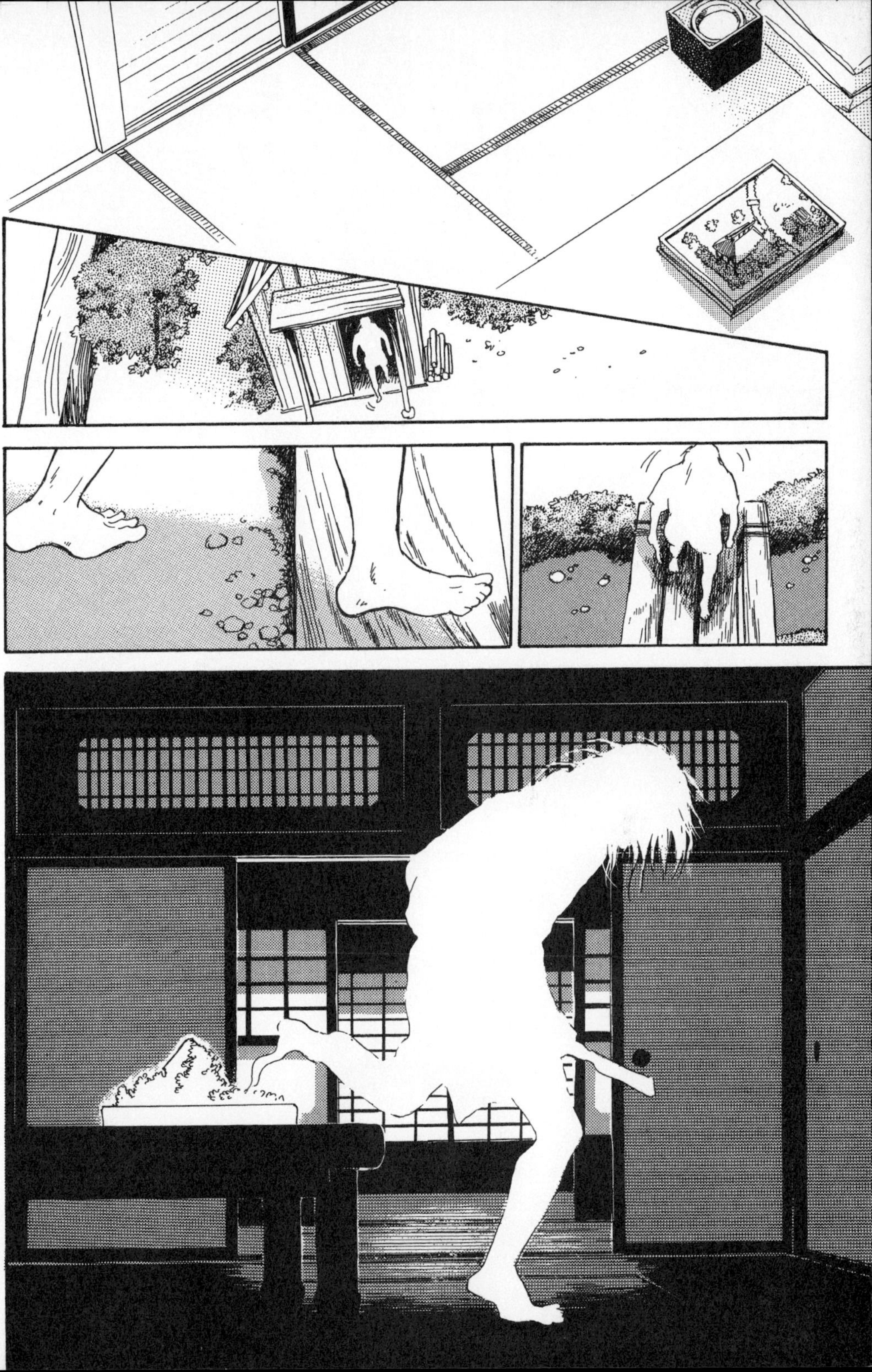

ALLÔ ?
C'EST MOI, AOYANAGI.
COMMENT ? VOUS AVEZ DÉPOSÉ LA BOÎTE CHEZ QUELQU'UN D'AUTRE ? JE VOUS AVAIS POURTANT DIT DE ME L'APPORTER !
J'AI PRIS PEUR... ET PUIS LA PERSONNE A INSISTÉ POUR QUE JE LA LUI LAISSE...
?
CONNAIS-SEZ-VOUS SON NOM ?!
OUI, IIJIMA. J'AI PRIS SON ADRESSE, AU CAS OÙ...
VOUS DEVEZ RÉCUPÉRER LE JARDIN ! VOUS EN ÊTRE DÉBARRASSÉ DE CETTE FAÇON NE VOUS MET PAS À L'ABRI !
Il est vraiment criant de vérité...
Mais ce qu'a dit maman m'intrigue...

Qu'est-ce qu'elle a vu à l'intérieur de ces maisons ?
Tiens, il y a une femme dans l'autre.
Et j'aperçois deux ou trois autres personnages au fond, mais on ne voit pas bien.
Celle-ci est vide.
Ça en fait du monde.
Mais je ne vois pas ce qu'il y a de malsain là-dedans...
Ils sont peut-être en train de faire une fête de village.
En tout cas, c'est vraiment un travail minutieux.
STAP STAP...
STAP STAP...
STAP...

CETTE FOIS...
IL N'EN RESTE PLUS QU'UN.
PSST... PSST...
QUEL-QU'UN A MIS UN PONT.
HEIN ?
J'EN-TENDS DES VOIX OU QUOI ?
Maman a raison, ce truc est lugubre.
MAMAN... ?

Qu'est-ce que c'est que ça ?
Une hallucination ?

Un mirage ?
SLAC!!
Ouh là, non... c'est bien réel.
OUAAAAH!

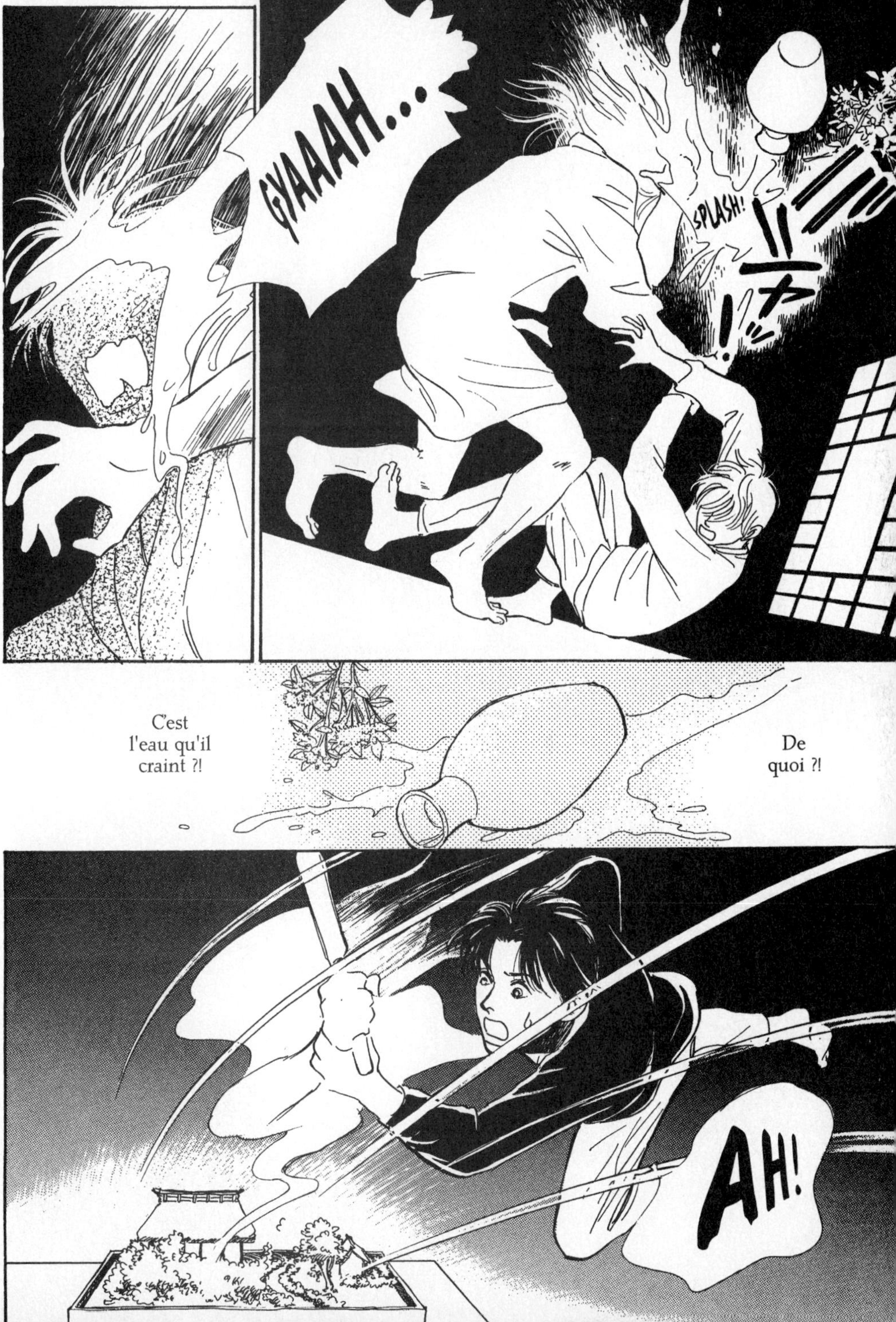
GYAAAH...
SPLASH!
De quoi ?!
C'est l'eau qu'il craint ?!
AH!

VLOM !
NAAASH!
...?!
Allons bon...
Où suis-je ?

Ce paysage... c'est celui de mon rêve...
Je suis à l'intérieur du jardin miniature ?
SHLAP... SHLAP...
ぴちゃ… ぴちゃ…
ぴちゃっ ぴちゃ…
CHOMP...
がっ…
がっがっ…
SCROMSH...

VLAM !
RITSU ?!
TU AS EU SI PEUR QUE TU EN AS PERDU LA VOIX ?
C'EST PLUTÔT QUE JE SUIS SI EXASPÉRÉ QUE JE N'EN TROUVE PLUS MES MOTS !
QU'EST-CE QUE TU FABRIQUES ICI ?!
JE MANGE, PARDI ! LA NOURRITURE HUMAINE ET LES PETITS DÉMONS DONT JE ME CONTENTE D'HABITUDE NE SUFFISENT PAS À SATISFAIRE COMPLÈTEMENT MON APPÉTIT.
ALORS QU'ICI, IL Y A PLEIN DE DÉLICIEUX YÔMA AVEC UN BON PETIT GOÛT DE MALICE.
TU AS VU CE QU'IL Y A LÀ-DEDANS ? C'EST LA CABANE D'UN CANNIBALE.
SON AURA MALÉFIQUE ATTIRE TOUTES CES DÉLICIEUSES BESTIOLES.
ALORS C'EST POUR ÇA QUE TU AS INVITÉ CE BONHOMME À PASSER LA NUIT À LA MAISON ?! J'AI FAILLI Y LAISSER LA PEAU, GROS MALIN !
POUR MON PLUS GRAND RÉGAL !

LE PONT...
C'EST GRÂCE AU PONT QU'IL A PU SORTIR DANS LE MONDE EXTÉRIEUR !
OH, CHUT ! LE REVOILÀ.
FRASH !
IL FAUT L'ENLEVER TOUT DE SUITE !
C'EST UN PEU TARD MAINTENANT QU'IL EST PARTI.
ON DIRAIT QU'IL CHERCHE QUELQU'UN.
CE SONT LES GENS QU'IL A MANGÉS.
ILS SONT COINCÉS ICI SANS POUVOIR MONTER AU CIEL.

CE JARDIN MINIATURE EST BEL ET BIEN VIVANT.
CE DOIT ÊTRE UN ARTISAN D'EXCEPTION QUI L'A FABRIQUÉ EN Y METTANT TOUTE SON ÂME.
MAIS IL L'A TELLEMENT BIEN RÉUSSI QU'IL A PRIS VIE.
ET CET ÊTRE EST VENU S'Y INSTALLER...
BON, RENTRONS.
GWIP !
PLOM !
INUTILE D'ESSAYER DE BRÛLER OU DE DÉTRUIRE CETTE BOÎTE.
ELLE EST PROTÉGÉE PAR UNE PUISSANTE FORCE SPIRITUELLE.
MAIS ON NE PEUT QUAND MÊME PAS HÉBERGER UN CANNIBALE DANS NOS MURS !
NE T'INQUIÈTE PAS, TU SAIS BIEN QUE JE SUIS TOUJOURS LÀ POUR TE PROTÉGER.

Tu n'étais pas là tout à l'heure.
Tu parles !
OH !
...
EH !
psst...
JE ME DEMANDE S'IL EN RÉCHAPPERA...
psst... psst...
ENCORE UN...
HOU HOU !
CLAC !

PFFF...
PIERRE QUI PARLE N'AMASSE PAS MOUSSE. SALUT.
EH ! ATTENDS !
ÉCOUTE-MOI !
LES HISTOIRES DE CAILLOUX NE M'INTÉRESSENT PAS DES MASSES.
JE NE SUIS PAS UN CAILLOU ! C'EST DANS CE MONDE QUE J'AI CETTE APPARENCE !
J'ai sommeil alors fais vite.
TU VIENS D'OÙ ?
DU JARDIN MINIATURE ! JE SUIS TOMBÉ ICI CE MATIN QUAND UNE FEMME DE CETTE MAISON L'A BALANCÉ PAR TERRE !
LE JARDIN MINIATURE... ?
JE DOIS Y RETOURNER !
Merci Aoarashi de nous avoir ramené cet objet de malheur...

LE VOILÀ !
BANG !
QUE SE PASSE-T-IL ?! JE NE PEUX PAS ENTRER !
BAH, TU M'AS L'AIR UN PEU TROP GROS, DE TOUTE FAÇON.
MALÉDICTION ! TOUT EST PLUS GRAND DANS CE MONDE-CI !
COMMENT FAIRE POUR Y RETOURNER ?!
VLANG !
BONG !
EH ! ON SE CALME !
AH ! QU'EST-CE QUE TU...
Tiens ?
QU'EST-CE QUE TU ES AU JUSTE ?
Ce n'est pas un yôma, je ne sens pas d'ondes pernicieuses.
JE NE SAIS PAS... JE N'AI PAS LES IDÉES CLAIRES DEPUIS QUE JE SUIS ARRIVÉ ICI.
MAIS IL FAUT ABSOLUMENT QUE JE RETOURNE LÀ-BAS !

JE SUIS SÛR QUE J'Y AI UN RÔLE IMPORTANT.
JE DOIS Y RETOURNER POUR M'EN RAPPELER.
ÇA ME PARAÎT DIFFICILE. TU FERAIS MIEUX DE TE FAIRE UNE RAISON ET DE TE COMPORTER SAGEMENT COMME UN GENTIL CAILLOU.
PAS QUESTION !
Je te trouverai un coin sympa dans le jardin.
Je refuse de rester comme ça !
AU SECOUUURS !
Me voilà encore dans de beaux draps...
OUAF !
OUAF !
TU ES FOU, HARU !
QU'EST-CE QUI TE PREND ?!
OUAF !
OUAF !
OUAF !
BAH...
QUE FAIT CETTE PIERRE ICI ?
JE ME DEMANDE COMMENT ELLE EST ARRIVÉE LÀ...
Quelle idée...

EXCUSEZ-MOI, IL Y A QUELQU'UN ?
O... OUI, VOILÀ !
PWOP !
OUILLE...
DÉCIDÉMENT, ELLE N'EST PAS TENDRE AVEC MOI, CELLE-LÀ...
C'EST MOI.
TIENS ? QU'EST-CE QUE TU FAIS LÀ, LA PIERRE ?
J'arrive pas à remonter !
MAMAN ! OÙ EST PASSÉ LE JARDIN MINIATURE ?
OH, QUELQU'UN EST VENU LE CHERCHER À LA PLACE DE M. AOYANAGI.
QUOI ?! QUI ÉTAIT-CE ?!
UN BONZE.
IL A DIT QUE C'EST M. AOYANAGI QUI LUI AVAIT DONNÉ NOTRE ADRESSE.
JE SUIS BIEN CONTENTE D'EN ÊTRE DÉBARRASSÉE...

TU LUI AS DEMANDÉ SON NOM ?
NON...
ET VOILÀ TOUTE L'HISTOIRE.
J'AI REPÉRÉ UN EMPLACEMENT BIEN ENSOLEILLÉ JUSTE À CÔTÉ DE L'ENTRÉE, JE SUIS SÛR QUE TU T'Y PLAIRAS...
EXCUSEZ-MOI !
QUOIII ?!
PUISQUE JE TE DIS QUE JE NE SUIS PAS UN CAILLOU !
IL Y A QUELQU'UN ?
Pourquoi maman ne répond-elle pas ? Elle n'entend pas ?
OUI, J'ARRIVE.
BONJOUR. MERCI BEAUCOUP POUR L'AUTRE SOIR.
JE CROIS QUE J'AI OUBLIÉ QUELQUE CHOSE CHEZ VOUS, ALORS JE SUIS VENU LE RECHERCHER.

Pourquoi arrive-t-il par le jardin ?
VOTRE JARDIN MINIATURE ?
MAIS QUELQU'UN EST VENU LE PRENDRE À VOTRE PLACE TOUT À L'HEURE...
COMMENT ?!
MAIS JE N'AI DÉLÉGUÉ PERSONNE !
SAVEZ-VOUS QUI C'ÉTAIT ?!
BEN...
JE VOUS EN PRIE !
CET OBJET REPRÉSENTE UN TERRIBLE DANGER ! JE DOIS ABSOLUMENT LE RÉCUPÉRER !
VOUS ÊTES AU COURANT... ?
BIEN... JE VOUS DOIS LA VÉRITÉ...
CETTE BOÎTE DORMAIT DEPUIS LONGTEMPS DANS LA REMISE D'UN AMI DE MON PÈRE.
IL ME L'A DONNÉE VOICI UN MOIS. SI J'AVAIS SU CE QUE C'ÉTAIT, JE N'EN AURAIS JAMAIS VOULU...

IL Y A CENT OU DEUX CENTS ANS, UN ENFANT DÉMON EST NÉ.
DEPUIS LE PLUS JEUNE ÂGE, IL NE SE NOURRISSAIT QUE DE CHAIR FRAÎCHE. IL TUAIT DES OISEAUX ET DES PETITS ANIMAUX POUR S'EN REPAÎTRE.
EN GRANDISSANT, IL SE MIT À ENLEVER DES ENFANTS DU VILLAGE VOISIN POUR LES MANGER.
SES PARENTS AMÉNAGÈRENT DONC UNE CABANE ANNEXE QU'ILS ENTOURÈRENT D'UN COURS D'EAU.
COMME L'ENFANT CRAIGNAIT L'EAU, IL NE POUVAIT PLUS SORTIR DE CE PÉRIMÈTRE.
CHAQUE JOUR, SA SŒUR LUI APPORTAIT DE LA NOURRITURE QU'ELLE LUI PASSAIT AU-DESSUS DU RUISSEAU.
PUIS LA JEUNE FILLE FUT EN ÂGE DE SE MARIER. LE SOIR DE LA VEILLE DE SES NOCES...
CE JARDIN MINIATURE EST ENSORCELÉ.
CE PAYSAGE ET CETTE MAISON ONT RÉELLEMENT EXISTÉ.
ET IL S'Y EST PRODUIT D'EFFROYABLES ÉVÉNEMENTS.

"Quel triste de sort de ne pouvoir assister aux noces de ma chère sœur. J'aimerais tant la voir parée de ses plus beaux atours."
"Si seulement je pouvais sortir d'ici pour une seule journée..."
TOUCHÉE PAR CES MOTS, LA JEUNE FILLE EUT PITIÉ DE LUI...
...ET PLAÇA UN RONDIN DE BOIS POUR QU'IL TRAVERSE LE RUISSEAU.
MAIS SON FRÈRE ÉTAIT DEVENU UN DÉMON À PART ENTIÈRE.
IL SE RUA SUR SA FAMILLE ET TUA SAUVAGEMENT SON PÈRE, SA MÈRE, SA SŒUR ET SON FRÈRE...
... AVANT DE LES DÉVORER.
LE SEUL SURVIVANT DE LA FAMILLE FUT LE FILS CADET QUI OFFICIAIT DANS UN FIEF VOISIN.
LE DÉMON DEVAIT ÊTRE FOU FURIEUX D'AVOIR ÉTÉ AINSI MIS À L'ÉCART DERRIÈRE CE RUISSEAU.
IL DEVAIT HAÏR TOUS LES MEMBRES DE SA FAMILLE.

ET AUJOURD'HUI ENCORE, SON ESPRIT VIT DANS CE JARDIN MINIATURE...
... TOUJOURS ASSOIFFÉ DE SANG ET À LA RECHERCHE DE SON FRÈRE CADET.
LA PERSONNE QUI EST VENUE REPRENDRE LA BOÎTE N'A-T-ELLE PAS DONNÉ SON NOM ?
PEUT-ÊTRE A-T-ELLE LAISSÉ SA CARTE DE VISITE ?
Bizarre...
OU AU MOINS SON ADRESSE...
QUELQUE CHOSE QUI PERMETTE DE LA RETROUVER...
J'ai l'impression que ce n'est pas la même personne que l'autre soir.
JE VOUS EN PRIE...
LE MOINDRE DÉTAIL POURRAIT M'AIDER.
M. AOYANAGI...
Il a quelque chose de différent.
QU'AVEZ-VOUS FAIT DE VOS LUNETTES ?
HEIN... ?

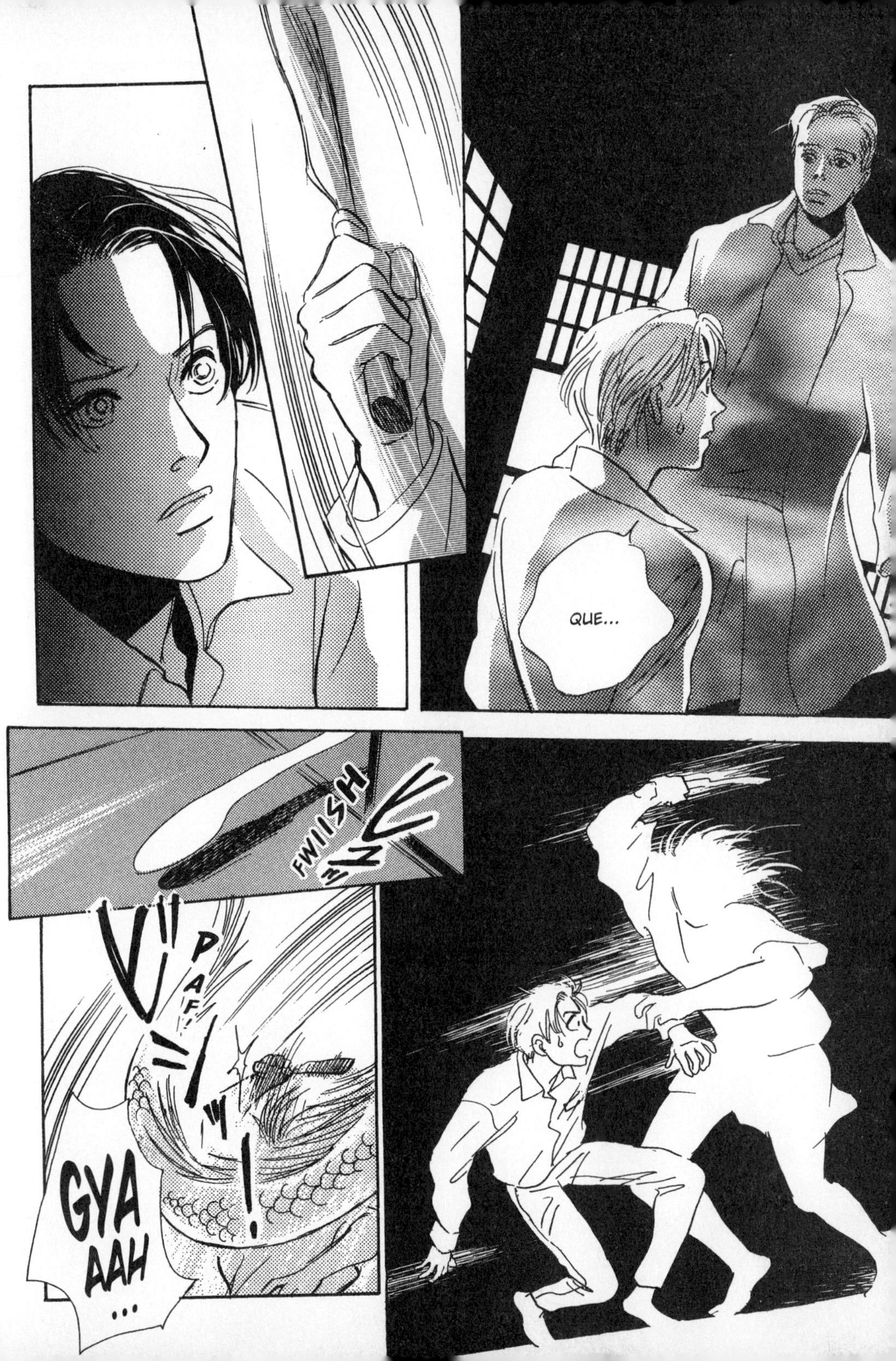
QUE...
FWISH
PAF
GYA
AAH
...

POF !
ET VOILÀ, IL S'EST ENFUI.
TU VOIS QUE JE SUIS LÀ QUAND IL FAUT.
JE DEVRAIS SÛREMENT TE REMERCIER, C'EST VRAI...
MAIS POURQUOI L'AS-TU LAISSÉ FILER ?! IL VA REVENIR, C'EST SÛR ! IL VEUT RÉCUPÉRER SON JARDIN !
HEIN ?
NON MAIS ÇA VA PAS DE DONNER MON JARDIN MINIATURE À UN INCONNU ?!
COMMENT ÉTAIT CETTE PERSONNE ?! TU TE SOUVIENS ?!
EUH... NON, DÉSOLÉE...
HAN, HAN !
JE T'Y PRENDS, MANANT !

QUE FAIS-TU DANS LA CHAMBRE DU JEUNE MAÎTRE ?! RÉPONDS !
ET TOI DONC ?
PAC !
AÏE !
...
ça défoule !
QU'EST-CE QUE VOUS FAITES ?
PAC !
PAC !
AÏE !
OUILLE !
PAC !
J'AI LA NETTE IMPRESSION QUE TU AS GROSSI DEPUIS HIER.
JE N'AI PLUS NULLE PART OÙ ALLER... SUIS-JE CONDAMNÉ À DEVENIR UNE PIERRE ?
GRRR... MOI QUI M'ÉTAIS TROUVÉ UN FORMIDABLE GARDE-MANGER...

VOUS AVEZ PERDU QUELQUE CHOSE ?
CE DÉMON CANNIBALE DOIT TIRER SA FORCE DE CE JARDIN MINIATURE.
C'EST LA PIERRE ANGULAIRE DE L'HISTOIRE. IL FAUT QU'ON LA RÉCUPÈRE.
J'EN FAIS MON AFFAIRE !
RAAAAH !
PTUP !
CE VER CHERCHEUR VA FLAIRER LA TRACE DE L'OBJET DISPARU ET NOUS CONDUIRE À LUI !
EXTRA, OJIRO ! TU M'ÉPATES, LÀ !
SHWIP! SHWIP!
1cm
BON, RÉVEILLE-MOI QUAND IL AURA TROUVÉ.
Sommeil...
COMPTEZ SUR MOI !
RITSU !
DÉPÊCHE-TOI DE MANGER, TU VAS ÊTRE EN RETARD !

J'AI MAL DORMI...
MOUAF...
ENCORE ? DÉCIDÉMENT... DEMANDE DONC À GRAND-MÈRE DE T'ACCOMPAGNER EN VOITURE.
L'EXPERTISE DE LA POLICE A RÉVÉLÉ QUE LES EMPREINTES PRÉLEVÉES SUR LA MAIN GAUCHE DU CORPS MUTILÉ RETROUVÉ HIER DANS LA VILLE DE SAKAÉ...
バラバラ死体身元判明
... SONT CELLES D'AOYANAGI KÔJI, 31 ANS...
... DONT LA FAMILLE A ÉTÉ MASSACRÉE LE MOIS DERNIER DANS LA VILLE D'ASAHI-MACHI.
La victime identifiée
AOYANAGI KÔJI
C'EST LA VICTIME QUI AVAIT AVERTI LA POLICE EN DÉCOUVRANT LE DRAME À SON RETOUR DU TRAVAIL.
RAPPELONS QUE SON PÈRE, ICHIRÔ, SA MÈRE YÔKO, ET SA SŒUR CADETTE KUMIKO...
... AVAIENT TOUT TROIS ÉTÉ SAUVAGEMENT ASSASSINÉS À COUPS DE MACHETTE.
QUANT À M. AOYANAGI KÔJI, IL AVAIT DISPARU DE CHEZ LUI IMMÉDIATEMENT APRÈS LES FUNÉRAILLES DES SIENS.
LES ENQUÊTEURS NE CACHENT PAS LEUR DÉSARROI FACE À L'ABSENCE TOTALE D'ÉLÉMENTS QUI LEUR PERMETTRAIENT DE RETROUVER LA PISTE DU MEURTRIER.

FLAP!
ALORS, TU L'AS RETROUVÉ, OJIRO ?
FLAP!
OUI, C'EST DANS CE TEMPLE.
LE JEUNE MAÎTRE EST ENCORE EN COURS.
IL N'ARRIVERA PAS ICI AVANT LA FIN D'APRÈS-MIDI. PRENONS NOS DISPOSITIONS POUR FACILITER NOTRE ENTRÉE DANS L'ÉDIFICE.
DRING! DRING!
PFIP...
FLAP! FLAP!
FLAP!
ME REVOICI, SUPÉRIEUR.
RESTE OÙ TU ES.
TU NE PEUX PAS ENTRER DANS LE TEMPLE COMME ÇA. TON HABIT EST SOUILLÉ.

ZUT, IL BRÛLE SON VÊTEMENT.
NOTRE EMPREINTE A ÉTÉ DÉCELÉE !
CE BONZE EST REDOUTABLE !
Peuh !
DÉCIDÉMENT, VOUS N'EN RATEZ PAS UNE...
ATTENDS UN PEU. JE TE RAPPELLE QUE CET OBJET NE NOUS APPARTIENT PAS VRAIMENT.
ON NE PEUT PAS ALLER VOIR LE BONZE ET LUI DEMANDER DE NOUS LE RENDRE.
À MOINS QUE TU COMPTES LUI EXPLIQUER DE QUOI IL RETOURNE ?
JE SAIS ! LA PROCHAINE FOIS QUE LE DÉMON SE MONTRE, VOUS N'AUREZ QU'À LUI INDIQUER OÙ SE TROUVE LE TEMPLE !
ET POUR CETTE PIERRE, IL N'Y A QU'À LA DÉPOSER DANS L'ENCEINTE ! ET VOILÀ, AFFAIRE CLASSÉE !
EH !

SI ÇA POUVAIT ÊTRE AUSSI SIMPLE...
IL POURRAIT S'EN PRENDRE À N'IMPORTE QUI DANS LA MAISON, MAIS C'EST APRÈS RITSU QU'IL A L'AIR D'EN AVOIR.
LAISSEZ-MOI FAIRE, JEUNE MAÎTRE !
JE ME CHARGE DE DUPER CE BONZE ET DE RÉCUPÉRER LE JARDIN MINIATURE !
PWOF !
DIS DONC, OGURO ! N'ESSAIE PAS DE ME METTRE SUR LA TOUCHE !
MOI AUSSI JE PEUX ME RENDRE UTILE !
PWOF !
OH !
OGURO, ÇA PEUT ENCORE PASSER, MAIS TOI...
ÇA ALORS ! TU ES UNE FEMELLE ?!
UNE QUOI ?
JE PEUX PRENDRE D'AUTRES APPARENCES SI CELLE-CI NE VA PAS !
JEUNE CITADINE !
PRINCESSE !
GEISHA !

VOYAGEUSE !
MERCI, C'EST GENTIL DE FAIRE DES EFFORTS, MAIS C'EST PAS GAGNÉ...
ARRÊTEZ VOS PITRERIES !
J'IRAI MOI-MÊME !
CE BONZE N'A QU'À BIEN SE TENIR CAR JE N'EN FERAI QU'UNE BOUCHÉE !
MWAHAHAHA !
JE CROIS QU'IL VAUT MIEUX QUE CE SOIT MOI QUI Y AILLE, EN FIN DE COMPTE.
Pas question.
S'IL TE PLAÎT !
EMMÈNE-MOI AVEC TOI !
NOUS Y VOILÀ.
ENSHÔJI
EXORCISMES, RITES, PURIFICATOIRES
S'ADRESSEZ À L'ACCUEIL
ENSHÔJI
?
J'AI L'IMPRESSION QUE TU AS ENCORE GROSSI.
PLUS ÇA VA, PLUS TU T'ADAPTES À NOTRE MONDE, ON DIRAIT.
GYAAAAH !

MAIS ENFIN... MON ÉPOUX EST DÉCÉDÉ IL Y A CINQ ANS. C'EST VOUS MÊME QUI AVEZ FAIT LE SERVICE FUNÉRAIRE...
Vous avez oublié ?
DIANTRE ! MAIS QU'ATTENDEZ-VOUS DONC POUR VOUS REMARIER ?!
JE VOIS... VOS DOULEURS LOMBAIRES SONT DUES À L'ADULTÈRE QUE COMMET VOTRE MARI.
SA MAÎTRESSE EST LA CAUSE DE TOUT.
SUPÉRIEUR, DEUX DRÔLES D'INDIVIDUS DEMANDENT À VOUS VOIR. QUE DOIS-JE LEUR DIRE ?
NOUS AVONS BESOIN DE VOS SERVICES, SUPÉRIEUR.
ÉCOUTEZ NOTRE REQUÊTE.
Grrr...
DISPARAISSEZ, YÔKAI DE MALHEUR !!
HORS DE MA VUE !!
OUAH !

IL NOUS A DÉMASQUÉS DU PREMIER COUP D'ŒIL... IL EST FORT, CE BONZE !
J'HALLUCINE...
EXCUSEZ-MOI...
QUOI ENCORE ?! JE VOUS AI DIT DE DÉGAGER !
BONSOIR... JE M'APPELLE IIJIMA RITSU...
HEM...
PUIS-JE VOUS DEMANDER DE M'ACCORDER UN PEU DE VOTRE TEMPS ?
EXORCISME
Les méthodes divinatoires
Le repos des âmes
Traditions de nos campagnes
DE VERMIS MYSTERIIS
ESPRIT ES-TU LÀ ?
LA MORT EN FACE
FENG SHUI
?
Quel capharnaüm...
M. AOYANAGI M'A TÉLÉPHONÉ AVANT DE MOURIR.
C'EST AINSI QUE J'AI EU VOTRE ADRESSE.
ça sent le charlatan
UNE FLEUR DE FEMME
C'EST À MOI QU'IL DEVAIT REMETTRE CE JARDIN MINIATURE.

D'AILLEURS, LE PAUVRE HOMME SERAIT TOUJOURS EN VIE S'IL ME L'AVAIT APPORTÉ PLUS TÔT.
IL AURAIT DÛ ME FAIRE DAVANTAGE CONFIANCE.
Ben, je comprends qu'il ait eu quelques doutes...
CETTE BOÎTE APPARTIENT À NOTRE MAÎTRE, MAINTENANT. RENDEZ-LA-LUI.
HORS DE QUES-TION !
jamais !
TANT PIS POUR TOI, BONZE !
SI TU NE FAIS PAS CE QU'ON TE DIT, ON EMPLOIERA LA FORCE !
FLAP !
MAÎTRE ! AU SECOURS ! ON NE PEUT PLUS BOUGER !
PARDONNEZ-LES, ILS NE SAVENT PAS SE COM-PORTER...
FRAYER AINSI AVEC LES DÉMONS N'EST PAS TRÈS RECOMMANDABLE, JEUNE HOMME.
MMH ?
TU VAS ÉCOURTER TON ESPÉRANCE DE VIE.

JE PERÇOIS UNE PUISSANTE FORCE QUI VEILLE SUR TOI.
TU AS DONC UN PROTECTEUR ?
IL S'AGIT CEPENDANT D'UN ÊTRE NÉFASTE.
GRRR...
EUH...
MAIS LE PROBLÈME, C'EST QUE J'EN AI BESOIN POUR...
JE VAIS LE PURIFIER ET IL RESTERA SCELLÉ DANS CE TEMPLE POUR L'ÉTERNITÉ.
IL NE REVERRA JAMAIS LA LUMIÈRE DU JOUR !
QUOI QU'IL EN SOIT, JE NE PEUX PAS REMETTRE CE JARDIN ENTRE LES MAINS D'UN ADOLESCENT.
CET OBJET DOIT ÊTRE TENU À L'ÉCART DES HOMMES POUR TOUJOURS.
INUTILE D'INSISTER !
CETTE DÉCISION EST IRRÉVOCABLE !
MAIS...
FIN DE LA DISCUSSION ! BONSOIR !

STAP STAP...
Ce bonze ne voulait vraiment rien savoir.
Il faut que je trouve un moyen de pression...
Ça n'aurait servi à rien d'insister, vu son tempéra-ment.
GYAAAH !
Ben voyons !
C'est de ta faute !
PAUVRE DE MOI ! QU'EST-CE QUE JE VAIS DEVENIR ?!
ET MOI DONC...
Dis donc, il fait nuit noire...
STAP STAP...
MMH ?
CLAP !

L'EMPRISE QU'EXERCE CE JARDIN MINIATURE SUR LES GENS EST DÉCIDÉMENT REDOUTABLE.
TU AS VOLÉ BIEN TROP DE VIES COMME ÇA.
IL EST TEMPS DE METTRE UN TERME À TOUT CELA.
M'EN-TENDS-TU, DÉMON CANNI-BALE ?
BAH... ?
ÇA ALORS...
IL N'EST PAS LÀ !
STAP STAP...
VAVA

OH NON !
GYAAAH ! IL EST FOU FURIEUX !
FUYEZ VITE, MAÎTRE !
MON SAC ME RALENTIT... !
AH !

PAS DE PANIQUE ! ME VOILÀ !
ZAAAAA
VLANG !
SUPÉRIEUR !
MAIS ENFIN ! POURQUOI NE M'AVOIR RIEN DIT ?!
Euh... parce que vous vouliez pas m'écouter ?
ENFER ! JE N'AI RIEN POUR ME DÉFENDRE !
JE LE SAVAIS QUE VOUS ÉTIEZ UN CHARLATAN !
GROAR !

PEUH !
MAUDIT YÔKAI ! JE VAIS TE DOMPTER !
ALORS ? QUI C'EST LE PLUS EFFICACE DE NOUS DEUX ?
UN AUTRE DÉMON ?!
STOM !
DÉSOLÉ,
VOUS M'ENTENDEZ, SUPÉRIEUR ?
LORSQUE M. AOYANAGI A DÉCOUVERT LES CADAVRES DE SES PARENTS ET DE SA SŒUR...
... ILS ÉTAIENT DANS UN ÉTAT EFFROYABLE.
L'INFORMATION N'A PAS ÉTÉ RENDUE PUBLIQUE, MAIS LEURS CORPS AVAIENT ÉTÉ EN PARTIE GRIGNOTÉS.

UNE AFFAIRE SIMILAIRE S'EST PRODUITE IL Y A SOIXANTE ANS.
UN CRIME ABOMINABLE
UN ENFANT RESCAPÉ
CINQ MEMBRES D'UNE FAMILLE MASSACRÉS. SEUL UN NOURRISSON AVAIT ÉTÉ ÉPARGNÉ.
REBELOTE IL Y A TRENTE-HUIT ANS. UNE FAMILLE DE QUATRE PERSONNES, CETTE FOIS.
UNE FAMILLE DÉCIMÉE
UNE BOUCHERIE
QUATRE PERSONNES SAUVAGEMENT ASSASSINÉES
ET LE LENDEMAIN, C'EST LE FILS DE LA MAISON VOISINE QUI SUBIT LE MÊME SORT.
SANS AUCUN DOUTE Y A-T-IL EU DE NOMBREUX CAS IDENTIQUES DONT IL NE RESTE AUJOURD'HUI PLUS TRACE.
LE DÉNOMINATEUR COMMUN EST LE CHIFFRE CINQ : LES VICTIMES SONT TOUJOURS UN COUPLE D'ADULTES ET TROIS ENFANTS.
DANS L'AFFAIRE QUI REMONTE À SOIXANTE ANS, L'ENFANT LE PLUS JEUNE FUT ÉPARGNÉ.
DANS CELLE D'IL Y A TRENTE-HUIT ANS, LA FAMILLE NE COMPTAIT QUE QUATRE MEMBRES, MAIS POUR COMPLÉTER LE COMPTE, C'EST LE GARÇON DE LA FAMILLE VOISINE QUI A ÉTÉ TUÉ.
CE N'EST PAS TOUT. EN MENANT MON ENQUÊTE, J'AI APPRIS QUE JUSTE AVANT LE DRAME, CHACUNE DES FAMILLES ÉTAIT ENTRÉE EN POSSESSION D'UN MAGNIFIQUE JARDIN MINIATURE.
JE ME SUIS DONC MIS À SA RECHERCHE. IL M'A FALLU LONGTEMPS.
QUAND ENFIN JE L'AI RETROUVÉ, IL ÉTAIT CHEZ LA FAMILLE AOYANAGI.
J'AI TENTÉ DE LES PERSUADER DE ME LE REMETTRE, MAIS ILS NE M'ONT PAS CRU.

J'AI TOUT DE MÊME PU Y JETER UN COUP D'ŒIL ET J'AI IMMÉDIATEMENT REMARQUÉ UNE PRÉSENCE FUNESTE DANS LA CABANE ISOLÉE PAR LE RUISSEAU.
AUSSI LES AI-JE MIS EN GARDE EN LEUR RECOMMANDANT DE NE SURTOUT PAS INSTALLER DE PONT.
MAIS IL FAUT CROIRE QU'ILS NE M'ONT PAS ÉCOUTÉ.
ET MAL-HEUREUSEMENT, CE QUI DEVAIT ARRIVER ARRIVA...
TROIS MEMBRES DE LA MAISONNÉE TROUVÈRENT LA MORT.
SEUL KÔJI FUT ÉPARGNÉ CAR IL N'ÉTAIT PAS ENCORE RENTRÉ AU MOMENT DES FAITS.
PAR CHANCE, IL EUT LA PRÉSENCE D'ESPRIT DE RETIRER IMMÉDIATEMENT LE PONT QUI AVAIT ÉTÉ INSTALLÉ DANS LE JARDIN MINIATURE.
PANIQUÉ, IL ESSAYA DE S'EN DÉBARRASSER, MAIS IL FUT FINALEMENT TUÉ À SON TOUR.
SEULEMENT, SI L'ON S'EN TIENT AUX EXEMPLES PRÉCÉDENTS, IL MANQUE ENCORE UNE CINQUIÈME VICTIME.
OR, LA FAMILLE AOYANAGI NE COMPTAIT QUE QUATRE MEMBRES.
IL ME SEMBLE DONC PLUS QU'ÉVIDENT QUE C'EST TOI QUE LE DÉMON A DÉCIDÉ DE PRENDRE POUR COMPLÉTER LE COMPTE.
LA MEILLEURE CHOSE À FAIRE SERAIT DE RETIRER LE PONT LORSQU'IL AURA REGAGNER SA CABANE.

UN PUISSANT GARDIEN VEILLE SUR TOI, JE NE ME FAIS PAS DE SOUCI.
MAIS SI JAMAIS TU AS BESOIN D'AIDE, JE SERAI LÀ.
MERCI BIEN.
SACHE QUE LE NOURRIS-SON QUI A ÉTÉ ÉPARGNÉ IL Y A SOIXANTE ANS, C'ÉTAIT MOI.
J'ESPÈRE QUE TOI AUSSI TU SURVIVRAS.
AOA-RASHI ?
IL ÉTAIT TEMPS QU'IL S'EN AILLE, CE FICHU BONZE.
FWOP...
Peut-on vous être d'une quel-conque utilité ?
Euh... rentrez à la maison et préparez mon futon
LE SEUL MOYEN D'EN FINIR AVEC CETTE HISTOIRE, C'EST QUE J'ENTRE DANS LE JARDIN POUR SERVIR D'APPÂT.
TU PEUX M'Y EMMENER ?
MOI AUSSI ! JE VEUX Y ALLER !

EMMENEZ-MOI ! JE POURRAI VOUS ÊTRE UTILE !
TU ENTENDS ? TU CROIS QUE TU PEUX L'EMMENER AUSSI ?
UN CAILLOU... JE NE SAIS PAS TROP.
COMMENT TU T'APPELLES ?
JE NE SAIS PLUS...
ALORS TU T'APPELLERAS "ISHI*".
石
ISHI
石
ET DE MÊME ICI.
ALLONS-Y.
MERCI BEAUCOUP. À PROPOS, QUEL EST TON NOM ?
RITSU...
IIJIMA RITSU.
Iijima Ritsu...

AOA-RASHI... ?
FWAP...
BOM !
OUAH !
N'AIE PAS PEUR, RITSU. SUIS-MOI.
AH...
CE CARACTÈRE SUR TON FRONT... !!
C'EST MOI QUI AI FABRIQUÉ CE JARDIN MINIATURE.
JE M'Y SUIS CONSACRÉ CORPS ET ÂME, POURRAIT-ON DIRE.
ET EN QUELQUE SORTE, C'EST BOUDDHA QUI M'A PUNI EN M'Y ENFERMANT.

QUAND LE CANNIBALE ARRIVERA, DÉBROUILLE-TOI POUR L'ATTIRER DE L'AUTRE CÔTÉ DU PONT.
MOI, JE RESTE CACHÉ ICI ET À L'INSTANT OÙ IL L'AURA FRANCHI, JE LE RETI-RERAI.
C'EST BIEN GENTIL, MAIS QUI DIT QU'IL VA SE MONTRER SI FACILEMENT ?
Mais où est passé Aoarashi ?
Il faut que j'attende jusqu'à ce qu'il vienne ?
OHÉ !
AH TE VOILA ! TU N'AS PAS ENCORE QUARTIER LIBRE, JE TE SIGNALE !
DÉSOLÉ, J'AVAIS UN PETIT CREUX, ALORS J'EN AI PROFITÉ...
MINUTE...
CE N'EST PAS AOA-RASHI, ÇA...

IIJIMA RITSU !
J'AI RETIRÉ LE PONT ! REVIENS VITE PAR ICI !
J'AR-RIVE, RITSU !
OUPS !

IL M'A COUPÉ LA TÊTE !
SAPRISTI ! IL NE ME CRAINT PAS SUR SON DOMAINE !
BON À RIEN !
GYA AAAA AH !
STAM !
AAAGH...
VITE, RITSU ! SAUVE-TOI !

FRUSH...
VLAM
FRUSH...
PAC! PAC!

JADIS, LES VILLAGEOIS ASSAILLIRENT LE CANNI-BALE...
... ET MIRENT LE FEU À SA CABANE.
SON DESTIN EST DE PÉRIR AVEC CETTE CAHUTE.
PARDON, FRÉROT.
VA AU CIEL CETTE FOIS.
JE M'APPELLE SABURÔ. JE SUIS SON FRÈRE CADET.
IL NE M'A PAS TUÉ CAR J'ÉTAIS EN APPRENTISSAGE CHEZ UN ARTISAN DU FIEF VOISIN.
J'AI CONSTRUIT CE JARDIN MINIATURE POUR LE REPOS DES ÂMES DE MA FAMILLE.

J'ÉTAIS LOIN DE ME DOUTER QU'IL ATTIRERAIT AINSI LES ESPRITS NÉFASTES ET FINIRAIT PAR REPRÉSENTER UN TEL DANGER.
MON INTENTION ÉTAIT SIMPLEMENT DE PRIER POUR LES MIENS...
PARDONNEZ-MOI, JE N'AI PAS PU VOUS SAUVER...
CE N'EST RIEN. NOUS ALLONS POUVOIR REPRENDRE LA CULTURE DU CHAMP DE DERRIÈRE.
TOI AUSSI, PORTE-TOI BIEN.
LE CHAMP ?
MAIS OUI...
IL Y AVAIT UN CHAMP DER-RIÈRE LA MAISON...

IL ME RESTE ENCORE DES JOURS À VIVRE, SEMBLE-T-IL. JE VAIS ME FAIRE MOINE ET CONSACRER LE RESTANT DE MON EXISTENCE AU REPOS DES DÉFUNTS.
POM
Eh ben, ça promet...
JE PEUX GARDER ÇA ?
BIEN SÛR.
METTEZ-LE DANS UN ENDROIT ENSOLEILLÉ ET ARROSEZ-LE DE TEMPS EN TEMPS !
L'arroser... ?

LE JARDIN DU CANNIBALE **FIN.**

DERRIÈRE LE PARAVENT

HOU LÀ LÀ...
TU AS MAUVAISE MINE. ÇA NE VA PAS ?
KOF ! KOF !
J'AI MAL À LA TÊTE...
J'AI DÛ ATTRAPER UN RHUME.
La vague de froid qui sévit depuis plusieurs jours a failli par avoir raison de ma santé.
L'ennui quand je tombe malade, c'est que tout plein de petits démons en profitent pour s'agripper à moi et faire empirer mon état
Mon pauvre...
uuuh...
JUSTE LE SOIR OÙ GRAND-MÈRE ET MOI ALLONS AU THÉÂTRE...
IL FAIT PLUS CHAUD DANS MA CHAMBRE QUE DANS LA TIENNE.
38,7°...
AVALE UN MÉDICAMENT ET FILE TE COUCHER.
J'AI ÉTENDU UN FUTON, VA-T'Y INSTALLER.
ZAAAA...
ZAAAA...

FLASH!!
ZAAAA...
BROOOOOOM...
ZAAA...
IL DORT ?
À POINGS FERMÉS. ATTENTION DE NE PAS LE RÉVEILLER.
NE TRAÎNONS PAS, ÇA VA COMMENCER.
VITE, DÉPÊCHONS-NOUS.

ピカッ
FLASH !
ゴロゴロゴロ
BRRROOOM
Quel boucan...
Le tonnerre résonne dans mon crâne.
FRAAAC...
FRAAAC...
Qu'est-ce que c'est que ces rires ?
Je croyais que maman et grand-mère étaient sorties...
FRAAAC...
WAHAHAHA...
HAHAHAHA
WAHAHAHA...
FRAAAC...
ZAAAA...
FRAAAC...
Ça vient de derrière le paravent...
WAHAHAHA
HAHA!
WAHAHAHA...

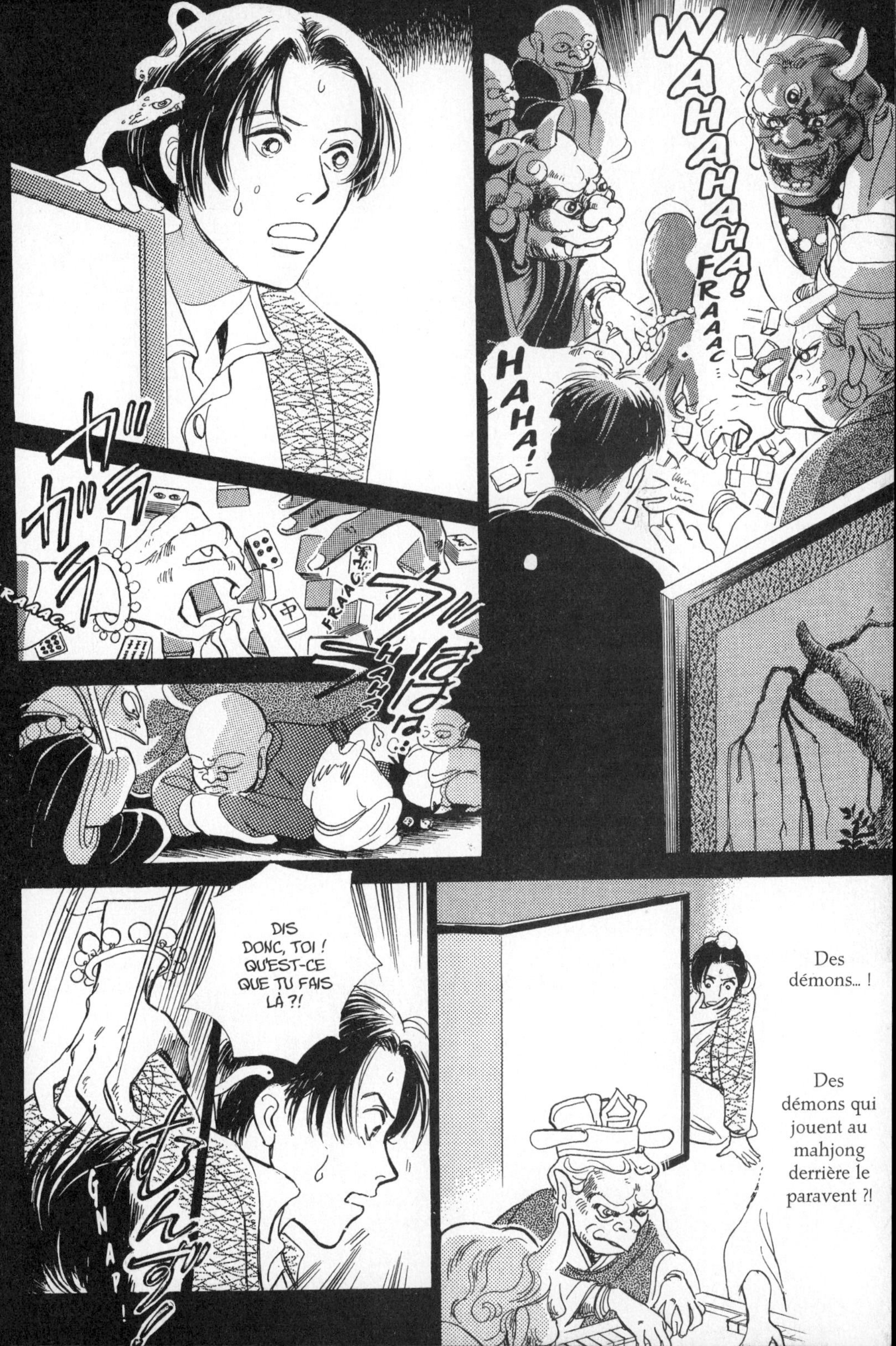
WAHAHAHAHA !
FRAAAC...
HAHAHA !
FRAAAC...
FRAAC
HAHAHA !
Des démons... !
Des démons qui jouent au mahjong derrière le paravent ?!
DIS DONC, TOI ! QU'EST-CE QUE TU FAIS LÀ ?!
GNAP !

MONSEIGNEUR ! J'AI TROUVÉ CET HUMAIN EN TRAIN DE VOUS ÉPIER !
EN VOILÀ DES MANIÈRES !
ÇA TOMBE BIEN, J'AI UNE PETITE FAIM. MANGEONS-LE !
MOI, J'AI AVALÉ CINQ BOEUFS AVANT DE VENIR, JE N'EN PEUX PLUS.
UN SEUL BRAS ME SUFFIRA.
MOI, JE PRENDS LA TÊTE !
OUAH !
Aïe ! mon bras...
Je n'ai pas assez de forces...
En temps normal, je pourrais au moins me dégager...
UN INSTANT, MONSEIGNEUR !
CE GARÇON EST MON SERVITEUR !
VOUS ME METTRIEZ DANS L'EMBARRAS EN LE DÉVORANT. JE VOUS PRIE DE LUI ACCORDER VOTRE CLÉMENCE !

TON SERVITEUR, DIS-TU ?
OUI. JE L'AVAIS ENVOYÉ FAIRE UNE COURSE.
Ce type est humain !
TENEZ ! VOILÀ LE MOUCHOIR QUE J'AVAIS OUBLIÉ !
JE N'APPRÉCIE GUÈRE QUE TU AMÈNES ICI D'AUTRES HUMAINS. S'IL EST TON SERVITEUR, DIS-LUI DE RESTER À SA PLACE !
NE VOUS INQUIÉTEZ PAS, ÇA NE SE REPRODUIRA PLUS.
PFIOU... J'AI EU DES SUEURS FROIDES.
MAIS DIS-MOI, MON GARÇON... COMMENT ES-TU ARRIVÉ ICI ?
et vous-même ?
BONNE QUESTION... JE NE SAIS PAS TROP...
COMME SI JE N'AVAIS PAS DÉJÀ ASSEZ À M'INQUIÉTER DE MON PROPRE SORT...
BON, TIENS-TOI TRANQUILLE ET N'ESSAIE PAS DE T'ENFUIR.
MOI, JE DOIS FAIRE UNE PARTIE AVEC CES TROIS-LÀ.

TOURNE-TOI QUE JE TE DÉBARRASSE.
Ah...
TU AS PLEIN DE SALETÉS SUR TOI.
PAF !
MAIS QU'EST-CE QU'IL Y A ? ÇA NE VA PAS ?
PAS TROP, NON...
DÈS QUE C'EST FINI, JE TE RACCOMPAGNE CHEZ TOI. PROMIS.
Tiens... ?
Qu'est-ce qu'il a dans sa manche ?
Ça alors...
voilà, voilà !
AH BAH QUAND MÊME !
Il n'est sûrement pas ordinaire.
Ce gars me fait une drôle d'impression...
ALORS, TU TE SENS MIEUX ?
Je suis guéri...
OUI, MERCI BEAUCOUP.
BON ! ÇA VIENT ?

ET VOILÀ !
ばたっ
HEIN ?!
zut ! encore perdu !
C'EST BIEN BEAU LE MAHJONG, MAIS PARIONS QUELQUE CHOSE !
ET SI TU METTAIS TON DOMESTIQUE EN JEU ?
JE SERAI BIEN EMBÊTÉ DE LE PERDRE. QUI FERAIT LES TÂCHES MÉNAGÈRES ?
ET PUIS VOUS SERIEZ DÉÇU, LES SERVITEURS N'ONT PAS BON GOÛT.
À CE MOMENT-LÀ, MIEUX VAUT QUE JE METTE MA PROPRE PERSONNE EN JEU.
EN ÉCHANGE, NOUS ON PARIE TOUT CE QUE TU VOUDRAS.
PARFAIT ! TU N'ES PAS UN HUMAIN COMME LES AUTRES.
J'EN DÉDUIS QUE TU DOIS AVOIR UN GOÛT DIFFÉRENT.
ET QUE VEUX-TU QUE NOUS MISIONS EN RETOUR ?

EH BIEN, À VRAI DIRE...
... CETTE AIGRETTE M'A TAPÉ DANS L'ŒIL...
TU ES UN CONNAISSEUR. JE VIENS JUSTE DE LA CAPTURER DANS UN ÉTANG EN VENANT.
C'ÉTAIT UNE SPLENDIDE HUMAINE.
MAIS ELLE A DÉCIDÉ DE ROMPRE AVEC LE MONDE EN SE JETANT À L'EAU.
JE L'AI ATTRAPÉE À L'INSTANT OÙ ELLE S'ENVOLAIT APRÈS S'ÊTRE TRANSFORMÉE.
TRÊVE DE BLABLA, SEKKI ! METS-LA EN JEU. NOTRE AMI N'A PAS HÉSITÉ, LUI.
OUI, OUI... C'EST D'ACCORD !
De toute façon, nous allons gagner.

SI JE PERDS, LIBRE À VOUS DE ME DÉVORER.
MAIS LAISSEZ PARTIR MON SERVITEUR, JE VOUS PRIE.
Il est fou ! Dans quel pétrin s'est-il fourré ?!
IL N'A PRESQUE PLUS DE PIONS !
ZOM !
Mais je ne comprends pas... je n'ai fait que passer derrière ce paravent...
Serait-ce la fièvre qui me fait délirer dans mon sommeil ?
?
Mmmh...
Si c'est le cas, j'aimerais bien me réveiller...
s'il perd, ils vont me bouffer aussi, c'est sûr.
RON !
Ah !
SEULEMENT 400 POINTS... CE N'ÉTAIT PAS UNE COMBINAISON TRÈS FORTE.
Il n'a pas l'air du tout paniqué, c'est dingue.
Il pense pouvoir gagner ou quoi ?
zut alors.
OH LÀ LÀ...
PSST ! GARÇON !

Une aigrette qui parle...
C'est vrai que c'était une femme dans sa vie antérieure, après tout.
ÉCOUTE-MOI BIEN.
SEKKI TRICHE.
ESSAIE DE TÂTER SA MANCHE.
IL Y CACHE DES TUILES.
SON ADVERSAIRE N'A AUCUNE CHANCE, ET TOI NON PLUS. MAIS JE VAIS VOUS AIDER.
TIENS, PRENDS CECI ET VA.
EH BIEN ALORS ? ENCORE UNE VICTOIRE POUR MOI !
HAHAHA !
SWUP...
GNUP !
LÂCHE-MOI, MISÉRABLE !

IMPUDENT !
JE T'AVAIS POURTANT PRÉVENU DE TE TENIR TRANQUILLE !
TANT PIS POUR TOI ! JE VAIS T'ÉCHARPER ET TE DÉVORER !
SEIGNEUR SEKKI ! PARDONNEZ L'ERREUR DE MON VALET !
IL S'EST MÉPRIS ET A CRU QUE VOUS TRICHIEZ !
AH ! FAUT-IL ÊTRE STUPIDE POUR IMAGINER QU'UN ÊTRE TEL QUE VOUS TRICHE FACE À UN SIMPLE MORTEL !
VOUS AVIEZ CERTAINEMENT OUBLIÉ CES TUILES DANS VOTRE MANCHE DEPUIS LA PARTIE PRÉCÉDENTE, VOILÀ TOUT !
QUELLE MAHEUREUSE MÉPRISE...
MOI, TRICHER ?!
AH !
C'EST LA MEILLEURE

PEUH !
CES TUILES SE TROUVAIENT LÀ PAR HASARD ! RIEN DE PLUS !
Hé Hé...
MERCI BIEN.
PFIOU...
PON !
CHI !
RON !
PAC... PAC...
RICHI !
Depuis combien de temps ça dure ?
Il a l'air de remonter un peu...
ENCORE UNE COMBI-NAISON À LA MANQUE !
Hé Hé ! désolé !
PLING
Mais est-ce suffisant pour gagner ?
SWUP...

PEUK !
Faites que ce soit un cauchemar...
PAC...
Mais même en rêve, je n'ai pas envie de finir dévoré !
PAC...
Tss !
C'est bizarre...
PAC
La pièce que j'attends ne vient pas...
OH ! TSUMO* ! JE SUIS DÉSOLÉ, C'EST ENCORE UNE COMBINAISON "À LA MANQUE".
Comment ça se fait ?
SWUP...
PLING
Grrr...
Je commence à avoir sérieusement faim.

OH ! ENCORE TSUMO ! DÉCIDÉMENT !
BROOOO...
GRRR...
Raah ! Mon ventre gargouille !
Moi qui pensais n'en faire qu'une bouchée...
BROOOO...
BROOO...
CROC !
AÏE !
EH BIEN, JE CROIS QUE NOUS ARRIVONS À LA DERNIÈRE MANCHE, N'EST-CE PAS ?
DIS DONC, TOI !
QU'EST-CE QUE TU FABRIQUES DANS NOTRE DOS DEPUIS TOUT À L'HEURE ?!
GLUPS
C'EST VRAI ÇA ! ARRÊTE UN PEU DE GESTICULER !
TU NOUS EMPÊCHE DE NOUS CONCENTRER !
VA VOIR AILLEURS ET RESTES-Y !
VOILÀ QUI EST BIEN DIT !

Ah !
FAIS-TOI TOUT PETIT DANS UN COIN !
Qu'est-ce que c'était que ça ?!
Je... je suis désolé...
ET PLUS VITE QUE ÇA ! SINON JE TE CROQUE SUR-LE-CHAMP !
EXCUSEZ-LE, IL EST UN PEU EMPOTÉ...
Décidément, ce type est bizarre... Est-ce que c'est vraiment un humain ?
PEUH !
RON !
JAM !

HON. ITSU, MONZEN, HAKU DORA...
... ET MANGAN ! 80 POINTS !
C'EST MOI QUI AI GAGNÉ, SEIGNEUR SEKKI !
Il a attendu la toute fin pour tricher... !
Quel cran !
Enfin, l'essentiel c'est qu'il a gagné.
OUF !
UN INSTANT !
COMME PROMIS, L'AIGRETTE ME REVIENT.
TU NE CROIS QUAND MÊME PAS T'EN TIRER COMME ÇA ?
ON REMET ÇA ! CETTE FOIS, ON TE PARIE UNE TORTUE EN OR MASSIF !
EUH... MAIS C'EST QU'IL SE FAIT TARD... IL ME FAUT RENTRER.

MAIS SOYEZ SANS CRAINTE, JE VOUS PROMETS DE REVENIR DEMAIN.
N'ESPÈRE PAS POUVOIR TE DÉFILER AINSI !
C'EST QUE CE GARÇON A UN APPÉTIT D'OGRE, VOYEZ-VOUS...
IL SUFFIRAIT QUE JE LE QUITTE DES YEUX...
... POUR QU'IL SE JETTE SUR VOUS ET VOUS GOBE TOUT ENTIER !
BALIVERNES ! A-T-ON JAMAIS VU UN GRINGALET PAREIL AVALER UN DÉMON COMME MOI !
PEUT-ÊTRE IGNOREZ-VOUS À QUEL POINT LES HUMAINS SONT DES ÊTRES TERRIFIANTS...
NOUS PRENONS TON VALET EN OTAGE POUR ÊTRE SÛRS QUE TU REVIENDRAS !
OH NON, SURTOUT PAS !
DANS CE CAS, JE PRENDRAIS TON OREILLE EN GAGE !
NE FAITES PAS ÇA, JE VOUS EN PRIE ! SI JE RENTRAIS AVEC UNE OREILLE EN MOINS...
... MA MÈRE SE DOUTERAIT QUE JE L'AI PERDUE EN JOUANT ET ME GRONDERAIT !
PRENEZ QUELQUE CHOSE DE MOINS VOYANT...
TENEZ !

J'AI SIX DOIGTS À LA MAIN DROITE.
Quoi ?! Ça alors !
Je ne m'en étais pas du tout aperçu !
C'EST UNE ANOMALIE TRÈS RARE. PERSONNE NE REMARQUERA S'IL M'EN MANQUE UN.
ÔTEZ-MOI DONC MON DOIGT SUPERFLU.
HOHO ! EFFECTIVEMENT, VOILÀ QUI SORT DE L'ORDINAIRE !
ENTENDU !
QU'IL EN SOIT AINSI !
SLAC !!
C'est ignoble...
BEUUUH...
EH ! UN PEU DE CRAN !

SHWUP!
SI TU VEUX REVOIR TON DOIGT, RENDEZ-VOUS ICI MÊME DEMAIN SOIR !
GWIP...
GWIP...
HEIN ?!
ぱかっ
SHWAP!
OUAH !
GYAAAAH!
ギャー
GYAAAH!
ギャー

IL A DÉVORÉ UN DES MIENS !
Ah là là… je suis navré.
VOILÀ CE QUI ARRIVE LORSQUE JE NE LE SURVEILLE PAS.
CHOMP…
CHOMP…
SHROMPF
REGARDEZ CE QUE FAIT UN SIMPLE DOIGT ! IMAGINEZ CE QU'IL ARRIVERAIT SI NOUS PRENIONS UN HUMAIN EN OTAGE !
IL NOUS DÉVORERAIT TOUS !
CES ÊTRES SONT REDOUTABLES !
OUBLIE CETTE PROMESSE ! REPRENDS TON DOIGT ET DISPARAIS !
NE REVIENS JAMAIS !
GYAAAH !
GYAAAH !
HAHAHAHA !
JE N'EN REVIENS PAS…
ÇA ALORS…
TOUT EST BIEN QUI FINIT BIEN ! MERCI DE TON AIDE, MON JEUNE AMI.

ALLEZ, TU AS ASSEZ MANGÉ POUR AUJOURD'HUI.
REVIENS ICI.
AOARASHI !
BON, IL EST TEMPS D'Y ALLER.
IL GRANDIT PETIT À PETIT EN SE NOURRISSANT DE DÉMONS EN TOUT GENRE.
Aoarashi... ?
JE L'AI INVOQUÉ DEPUIS L'AU-DELÀ À L'AIDE DE MES FAIBLES POUVOIRS.
IL EST ENCORE PETIT, MAIS C'EST UN VRAI YÔMA.

RENTRONS ENSEMBLE, VEUX-TU ?
POURQUOI AS-TU FAIS ÇA, RYÔ ?
TU AURAIS DÛ ME LAISSER.
TU M'AS FORCÉE À INTERVENIR EN RISQUANT TA VIE. JE NE POUVAIS PAS TE LAISSER FAIRE ÇA.
MAIS MOI, J'AURAIS PRÉFÉRÉ QUE CES DÉMONS ME DÉVORENT...

JE NE VEUX PAS RENTRER POUR ÉPOUSER CET HOMME.
PLUTÔT MOURIR...
CET USURIER SANS VERGOGNE A TRENTE ANS DE PLUS QUE MOI ET A DÉJÀ EU DEUX ÉPOUSES...
CE N'EST PAS UNE RAISON POUR CHOISIR LA MORT, MA SŒUR...
TU NE L'AS RENCONTRÉ QUE DEUX FOIS. PEUT-ÊTRE N'EST-IL PAS SI MAUVAIS HOMME, AU FOND.
ARRÊTE, RYÔ. TU AS DIT TOI-MÊME QUE C'EST UNE CRAPULE OBÈSE.
Et en plus il est chauve...
Sans parler de sa dentition...
J'AI DIT ÇA SANS VRAIMENT LE CONNAÎTRE, LES APPARENCES SONT PARFOIS TROMPEUSES, TU LE SAIS BIEN.
ALORS MÊME TOI TU T'Y METS ?
IL N'Y A DONC PERSONNE DE MON CÔTÉ.
JE NE SUIS QU'UNE MARCHANDISE SACRIFIÉE POUR ÉPONGER LES DETTES DE NOTRE ONCLE ET DE NOTRE TANTE.
NE DIS PAS ÇA, VOYONS...
EN VIVANT ENSEMBLE, TU DÉCOUVRIRAS PEUT-ÊTRE EN LUI UN ÊTRE MERVEILLEUX.
OU PEUT-ÊTRE PAS ET MA VIE SERA ALORS UN ENFER.

JE SUIS SÛR QUE L'ARRIVÉE D'UNE PROGÉNITURE APPORTERA L'HARMONIE DANS VOTRE COUPLE.
JE REFUSE D'AVOIR DES ENFANTS DE CET HOMME.
JE SUIS SÛRE QU'ILS SERONT ABJECTS COMME LEUR PÈRE !
JE T'EN PRIE, NE DIS PAS DES CHOSES PAREILLES...
CES ENFANTS SERONT MES NEVEUX ET MES NIÈCES.
RYÔ...
NE PLEURE PAS.
JE PENSAIS ÊTRE LA SEULE À SOUF-FRIR...
おーい
OHÉ !
おーい
OHÉ !
おーい
EH !

REGARDE, TOUT LE MONDE TE CHERCHE.
IL EST LÀ AUSSI.
おーい! OHÉ !
おーい
TU VOIS BIEN QU'IL NE PREND PAS VOTRE UNION À LA LÉGÈRE.
OHÉ !
CROIS-TU QU'IL VOUDRA ENCORE POUR ÉPOUSE D'UNE FEMME QUI SE JETTE À L'EAU LE JOUR DE SES NOCES ?
MAIS S'IL VEUT TOUJOURS DE TOI...
... N'EST-CE PAS LA PREUVE QUE SES SENTIMENTS SONT SINCÈRES ?
TU VERRAS BIEN ! S'IL NE VEUT PLUS DE TOI, TANT PIS !
NOUS N'AURONS QU'À TRAVAILLER TOUS ENSEMBLE POUR REMBOURSER CES DETTES !

JE SUIS UN LÂCHE.
JE N'AI PAS LE COURAGE DE M'OPPOSER À MON ONCLE ET À MA TANTE POUR SAUVER MA SŒUR...
ET JE LA POUSSE À RETOURNER DANS UN MONDE QU'ELLE VOULAIT QUITTER POUR MENER UNE VIE QU'ELLE RÉPUGNE.
BEN...
ÇA ME SEMBLE TOUJOURS MIEUX QUE LA MORT.
VOUS AVEZ EU RAISON D'AGIR AINSI, JE VOUS ASSURE.
ET PUIS RIEN N'EST JAMAIS SI NOIR...
TANT QU'IL Y A DE LA VIE, IL Y A DE L'ESPOIR...
TU AS RAISON... MERCI.
JE FERAI EN SORTE QUE TOUT AILLE BIEN.

BON, REN-TRONS.
PAR OÙ ES-TU ARRIVÉ ?
EUH...
DE PAR-LÀ.
MERCI ENCORE.
MAIS À PROPOS, TU NE M'AS PAS DIT TON NOM ?
EUH...
IIJIMA RITSU.
IIJIMA ?
C'EST AMU-SANT, C'EST AUSSI MON NOM.
NOUS SOMMES PEUT-ÊTRE PARENTS ?
EN TOUT CAS, RITSU EST UN BEAU PRÉNOM.
ADIEU.

FLASH !
BRRROOOOM...
BRRROOM
RITSU ? NOUS SOMMES RENTRÉES.
TU TE SENS MIEUX ?
On n'y voit rien.
Bien évidemment, il n'y a pas d'espace suffisant...
... pour passer entre le mur et le paravent.
Je n'ai plus de température...
Et encore moins pour jouer autour d'une table de Mahjong.
La fièvre a dû me jouer des tours...

DERRIÈRE LE PARAVENT **FIN**

AVENTURES NOCTURNES
C'est étonnant ce qu'il peut y avoir comme monde dans une supérette à 1h30 du matin.
Impossible de deviner quoi exactement, mais ce caissier doit sûrement avoir des tas de raisons pour être là à cette heure-ci.
Idem pour ce couple qui semble bien s'entendre.
Et cet étudiant ? Qui sait s'il ne cache pas un cadavre dans son placard ?
Quant à cette dessinatrice, qui sait dans quelle tourmente elle est plongée ?
Sa maison d'édition va bientôt l'appeler pour la relancer, mais son histoire n'est toujours pas prête.
Elle voudrait sauter dans une voiture et s'exiler loin d'ici, fuir à l'étranger ou, encore mieux, se faire assassiner. Si vous connaissez un serial killer prêt à se dévouer...
Ce que l'on devine encore moins en la voyant, c'est qu'elle tient une boîte de pellicule sous son bras...
... et qu'à l'intérieur se trouve un œuf de moineau de java tout frais pondu...

Ça, ce sont Ojiro et Oguro.
Et ça, ce sont des moineaux de java.
Ojiro et Oguro ont le bec blanc, tandis que les moineaux de java ont le bec rouge.
L'autre différence est que les moineaux de java ne se transforment pas à la nuit venue.
VOILÀ POUR VOUS DONNER UNE IDÉE DE LA DIFFÉRENCE DE TAILLE.
ILS BOIVENT PAS ET ILS NE PARLENT PAS !
PEUH !
QUELS STUPIDES VOLATILES !
JE PRÉFÈRE ALLER ME COUCHER QUE DE VOIR ÇA !
OUAH ! QU'EST-CE QUE C'EST QUE CE TRUC ?!
De l'automne au printemps, les moineaux de java pondent des œufs. Un par jour.
PFIOU !
ドキドキ
CUI... CUI...
Mais pour qu'ils arrivent tous à incubation en même temps...
Ils ne les couvent que lorsqu'il y en a cinq ou six.
Et voilà !
Bon, moi je vais dormir !

PAS ENCORE…
TU TRAVAILLES ? TU AS TROUVÉ UNE HISTOIRE INTÉRESSANTE ?
Sur ce, coup de fil de ma mère.
Petits trous pour l'air.
Boîte de pellicule photo.
coton.
Merci beaucoup à la personne qui m'a écrit pour m'apprendre ce truc.
Et donc, je me mêle de ce qui ne me regarde pas en le mettant sous mon aisselle pendant la nuit.
Il faudrait le réchauffer, le pauvre…
Il ne va pas mourir s'il refroidit ?
QU'EST-CE QUI SE PASSE SI JE N'AI PAS D'IDÉE ?!
Très bonne question, mais un peu trop fondamentale pour que je puisse y répondre. il vaudrait mieux la poser à mon éditeur.
MAIS QU'EST-CE QUE TU VAS FAIRE SI TU NE TROUVES RIEN ?
…
EN PANNE D'INSPIRATION… EN PANNE D'INSPIRATION…
EN PANNE D'INSPIRATION…
EN PANNE D'INSPIRATION…
EN PANNE D'INSPIRATION…
EN PANNE D'INSPIRATION…
EN PANNE D'INSPIRATION…
cui ! cui ! cui !
ARGH… DÉJÀ LE JOUR QUI SE LÈVE.
Et voilà comment je me retrouve à la supérette à 1h40 du matin avec un œuf de moineau sous le bras.
JE VAIS ALLER M'ACHETER UNE GLACE POUR ME CHANGER LES IDÉES.

AVENTURES NOCTURNES **FIN**

CORTÈGE DES CENT DÉMONS ②

Géta : Socques en bois que l'on porte avec le kimono. (page 11)

Hon.itsu, menzen, mangan, haku et dora : Noms de combinaisons prisées au mahjong. (page 207)

Ishi : "Pierre" en japonais. (page 179)

Kitsuke : "L'art de l'habillage du kimono". Le port du kimono ne s'improvise pas. Nouer la ceinture (obi), par exemple, nécessite une formation que nombre de femmes, jeunes et moins jeunes suivent dans des classes de quartier comme il en existe un peu partout au Japon. (page 7)

Mekakushi-oni : Littéralement, "le démon aux yeux bandés". C'est le nom d'un jeu équivalent à notre colin-maillard. (page 3)

Onigiri : Boulettes de riz garnies au centre de divers ingrédients (saumon, thon, légumes...) et recouvertes ou enveloppées d'une feuille d'algue. C'est l'encas par excellence que consomment les Japonais pour les déjeuners rapides ou les excursions et pique-niques, l'équivalent de nos sandwichs. (page 97)

Richi, ron, pon et chi : Annonces que fait un joueur de mahjong dans différentes circonstances lorsqu'il a gagné. (page 203)

Sekki : "Démon rouge". (page 199)

Tsumo : Annonce que fait le joueur gagnant en piochant la tuile qu'il lui manquait. (page 204)

Yukata : Kimono léger que l'on porte l'été. (page 118)

Zashiki-warashi : Être surnaturel à l'apparence enfantine. On dit qu'il apporte fortune et santé aux habitants de la maison dans laquelle il s'installe. (page 16)

Zôri : Sandale en paille de riz. (page 46)

Hyakki yakô shô (2) by IMA Ichiko

Originally published in Japan by ASAHI SONORAMA Co. Ltd.
French translation rights arranged through Dark Panda Corporation, Tokyo.

French Translation rights : Bamboo Édition

Traduction et adaptation : Sylvain Chollet
Lettrage : Chesteroc
Adaptation graphique : Agnès Moreau

BAMBOO ÉDITION
116, rue des Jonchères - BP 3
71012 CHARNAY-LÈS-MÂCON cedex
Tél : 03 85 34 99 09 - Fax : 03 85 34 47 55
Site web : www.bamboo.fr
E-mail : bamboo@bamboo.fr

PREMIÈRE ÉDITION
Dépôt légal : juin 2006
ISBN : 2-35078-133-X

Imprimé en France par Hérissey/Groupe CPI, Évreux